アングラウス（黒猫姿）
魔竜。女性の姿になることも可能。
「ドラ……いや、違うな。今は――ニャンコパンチ！」
「勝手に発動させるなよな。まあ使わせるつもりだったから別にいいけど」
顔悠
タイムリープした主人公。
レジェンドスキル
【不老不死】を持つ。

「私は姫路アリスよ！
私が気を引くから、
アンタはその隙を狙いなさい！」
姫路アリス
ユニークスキル
【燃える闘士】と【導く者】を持つ。
『マスターよ！
ワシの力を存分に
振るうがよか!!』
ひよ丸
融合した相手に
自分の能力を与えられる。

「みんなー、Sランクダンジョンの攻略を見てくれてありがとー！」
十文字がスマホに──
その向こうにいるであろう、
ライブ配信の視聴者に向かって声をかける。
十文字昴
レジェンドスキル【十倍】
ユニークスキル
【分身】を持つ。

不滅チーターによる時間回帰無双

〜ダンジョンに籠って１万年。
最弱だった俺が失った家族と
ついでに世界も救います〜

榊与一

ぶんか社

C O N T E N T S

第一章　回帰

西暦千九百九十九年。

世界に大きな変化が発生する。

地球にダンジョンと呼ばれる、まるでゲームのような異空間が大量に出現したのだ。

ダンジョンの内部には凶暴な魔物たちが跋扈《ばっこ》しており、しかも現代兵器の類《たぐい》が全く使用できない。

そのため、そこは人類ではどうしようもない禁足地となるはずだった。

だが、まるでダンジョンを攻略しろと言わんばかりに、同時期に、人類に新たな力が目覚めだす。

レベルや魔法、スキルと呼ばれるものだ。

魔物を倒すことで、自身の能力が強化されるレベルアップ。そして訓練やレベルアップ、スキルブックなどで習得できる、スキルや魔法類。これらの力は、人類を根底から変えるほど強力なものだった。

新たな力を手に入れた人類は、ダンジョンによって齎《もたら》される資源を手に入れるべく攻略を開始する。

――攻略者。

ダンジョンを踏破する者たちの総称だ。
そして俺、顔悠《かんばせゆう》もまた、攻略者である。

「ついに……」

ここは攻略不能と言われていた、エターナルダンジョン。その最下層だ。
そこは巨大な神殿のような場所になっており、その最奥《さいおう》には黒い水晶に封印された巨大な魔竜《まりゅう》が眠っていた。

――魔竜アングラウス。

エターナルダンジョンの主《あるじ》であり、レベル一万を誇る最強のドラゴン。
その強さは圧倒的であり、決して人類では到達し得ない力を有していた。

――だが、俺は今、その最強のドラゴンへと単身戦いを挑む。

俺が近づくと、音もなく黒い水晶が砕けた。
そして解き放たれた魔竜アングラウスが眠りから目覚め雄叫《おたけ》びを上げる。

「ぐおおおおおぉぉぉぉ!!」

全てを蹂躙《じゅうりん》する破壊の権化《ごんげ》。その死の象徴とも呼ぶべき存在を真っすぐに見据え、俺は臆することなく拳を握り構えた。
そして自らの持つ、唯一にして最強の力を発動させる。

「ライフストリーム……発動！」

ライフストリーム。
それは自らの命を燃やすことで、嵐のようなエネルギーを生み出す身体強化の技術。
これはスキルと呼ばれる類のものとは別の、俺と師匠だけが扱うことのできる秘術だ。
「魔竜アングラウス。お前を倒して……俺は家族を救う!!」

……長かった。

エターナルダンジョンは、一万階層からなるダンジョンだ。

しかも一つのエリア自体がでたらめに大きいため、とんでもない広さを誇っていた。

さらにダンジョン内には、危険なトラップや、最高レベルの魔物たちが棲み着いている状態だ。

そのあまりに絶望的な難易度から、いつしかこのダンジョンは踏破不能の終わりなきダンジョン
――エターナルダンジョンと呼ばれるようになる。


……実際、俺以外の人間だったらここまで辿《たど》り着けなかっただろう。


俺がこのダンジョンに挑み始めたのが、西暦二千三十一年のことだ。

そして現在は西暦一万二千三十一年。

つまり……俺がこの最下層に辿り着くまでにかかった期間は、ジャスト一万年ということになる。

人間がそんなに長く生きられるのか？

もちろん不可能だ。

ではならばなぜ、俺は一万年も生きることができたのか？


――それは《俺が特別だったからだ》。

「よもやここまで辿り着く人間がいようとはな……称賛に値する。だが、貴様はここで終わる。我によってな」

魔竜が日本語で死の宣告を告げる。

こいつが普段から人間の言葉を使っているとは思えないので、恐らく魔法かスキルの類によるものだろう。

「終わらせる？　面白い冗談だ……」

俺は魔竜の言葉に、口の端を歪《ゆが》めて不敵に笑う。

これは別に強がりではない。冗談抜きで、俺を殺せる奴《やつ》がいるなら見てみたいと思っている。

「ほう、我を恐れぬか。よかろう。ならばその身をもって、我が力を知るがいい……滅びよ!!」

魔竜の口から、白と黒が混ざったような強烈な閃光《せんこう》が吐き出される。

特殊な属性を帯びた破壊のブレスだ。

直撃すれば、ライフストリームで身体強化している今の俺でもただでは済まないだろう。


――だが、気にする必要はまるでない。


「消えるのはお前だ!!」

俺は地面を強く蹴って跳躍する。魔竜アングラウスの放ったブレスへと向かって真っすぐに。

「ぐっ……」

ブレスとぶつかった瞬間、すさまじい痛みが全身に走った。

全身が焼けただれ、崩れていくのがハッキリとわかる。

だが、それがどうした？

俺には関係のないことだ。


――なぜなら《俺は【不老不死《ふろうふし》】だからだ》。


崩壊した細胞は、不老不死の特性によって一瞬で再生する。

そのため、痛みさえ堪《こら》えれば、どれだけ破壊されようとさしたる問題とはならない。

「なんだと!?」

自らの必殺のブレスを突き抜け、目の前に姿を現した俺に魔竜が驚愕《きょうがく》の声を上げる。

「俺はレジェンドスキル【不老不死】持ちなんだよ！」


――レジェンドスキル【不老不死】。


決して死ぬことがない無敵のスキル。

これこそ、俺が持つ唯一最強のスキルだった。

スキルは大きく分けて、三つに分類されている。

訓練やマジックアイテム、それにレベルアップなどで覚えることのできるコモンスキル。

個人の資質でのみ取得できる、ユニークスキル。

そしてユニークスキルの中でも、極一部の突き抜けて優れた効果を持つものを、レジェンドスキルと呼ぶ。


「喰《く》らえ！　エクストリームバースト‼」


俺は自らの内にある、十二個の命を同時に爆発させる。

命を爆発させることで、瞬間的に自身の身にまとうエネルギーを増やすためだ。

反動による、全身を焼き尽くすような燃える痛み。

俺はそれを無視して、その全てを右拳へと集約する。

「ぐっ……」

命の爆発によって発生した膨大なエネルギーの一点収束。

当然そんな無茶な真似《まね》をすれば、激痛と共に拳、いや、腕ごと崩壊してしまう。

だが俺は不老不死。

負荷による腕の崩壊は瞬時に回復し続け、本来なら瞬く間に燃え尽きるはずだった命もまた瞬時に回復する。

「おおおおおっ!!」

俺は苦痛を無視し、その拳を巨大な竜の顔面へと叩《たた》き込んだ。

「があああっ」

魔竜アングラウスの巨体が吹き飛ぶ。

この一撃で終わってくれれば楽だが、当然そんなわけはない。

ここまで倒してきたボスですら、この程度で終わる奴はいなかったのだから。

「おおおおおおおお！！！」

俺は命を燃やし、爆発させ、体にかかる負荷やダメージからくる苦痛など無視し魔竜と戦う。

「ぐおおおおおおお！！！」

アングラウスを吹き飛ばし。

強烈な一撃に吹き飛ばされ。

一進一退の戦い。

その激しい戦いの衝撃によって、神殿を想起させる周囲の柱や壁などが崩壊していく。

「おおおおおおお！！！」

どれほどの時間がたっただろうか？

数時間。いや、ひょっとしたら数日続いたのかもしれない。

終わりの見えない戦いだった。

だがどんなものにも終わりはやってくる。

やがて戦いに、終わりの時が唐突に訪れる。

「おらぁっ！」

俺の拳がアングラウスの頭部を直撃。

奴の頭が跳ね、その巨体が大きく後ずさる。

「……見事だ」

アングラウスが動きを止め、俺を見る。

その眼《め》にはもはや殺気は籠《こも》っていない。


『ピシッ』と音が鳴り、奴の額《ひたい》に小さな罅《ひび》が入った。


「認めよう。貴様は今の我より強い」

乾いた音と共に、魔竜の額の罅がさらに広がっていく。

どうやら勝負がついたようだ。

「今回は貴様の勝ちだ。だが……」

魔竜が口元を歪める。

「《この次》は、こうはいかんぞ」

「次？」

なんの話だ？

まさかまだ何かあるのか？

そう身構えたが……

「また会おう。さらばだ」

言葉とは裏腹に、アングラウスの肉体はそのまま粉々に砕け、跡形もなく消え去ってしまう。

「……」

奴の言葉が少し気になったが、まあそんなことはどうでもいい。

今は……

「ついに……」

奴が消えた場所から、虹色に輝く宝箱が姿を現す。

それはクリア報酬。


俺が一万年かけてまで、このダンジョンをクリアした理由がこれである。


完全攻略の報酬は事前にわかっていた。

ダンジョン報酬がわかるユニークスキルによって、何が出るか解明されていたからだ。

このダンジョンの報酬、それは——

「これがクロノスの懐中時計か」

時間を巻き戻すことのできる、神話級アイテム。

「これで、やっと救える」

かつて失った、守れなかった家族。

その家族を救うため、俺はこのアイテムを求めたのだ。

「このボタンを押せばいいんだよな……」

俺は宝箱から取り出した懐中時計を迷わず始動させる。

すると時計から立体的な幾何学模様が浮かび上がり、俺の視界を埋め尽くした。

その中央には巻き戻す時間が表示されており、それは俺の意思に反応して数字が変わっていく。

「家族が死ぬ前。一万以上前に……ん？」

中央の数字は、一万飛んで二年の所で止まってしまう。

「一万二年が限界なのか……」

もし俺がこのダンジョンの攻略にそれ以上かかっていたら、このアイテムが完全に無駄になるところだった。危なかった……

「まあ……二年あればなんとかなるだろう」

本当は余裕を持ってもう何年か欲しかったところだが、ダンジョン攻略開始から二年前ならなんとでもなるはずだ。

何せ今の俺には、あの当時の俺が持っていなかった力があるのだから。

「発動！」

俺はクロノスの懐中時計のボタンを再び押し、その効果を発動させる。

するとダンジョン内の景色が、まるで絵の具を混ぜたかのようにグニャグニャと歪み、俺の体から感覚が失われていった。

――母さん。

――憂《うい》。

――今度は絶対二人を守ってみせるよ。

第二章　再会

「さっさと起きろ！」

「うっ……」

腹部に衝撃が走り、その痛みで俺は目を覚ました。

「いつまでも寝てんじゃねぇ。さっさと仕事しやがれ」

「がっ……」

目を開いたところで、今度は顔に蹴りを入れられてしまう。

大した痛みではないが、寝起きに攻撃されたのではさすがにたまらない。

「ここは……」

俺は慌てて上半身を起こし、周囲を見渡す。

そこはごつごつと岩肌がむき出しの、薄暗い洞窟のような場所で、周りにはガタイのいい、鎧《よろい》などを身に着けた男たちが立っていた。

「死ぬのは初めてじゃねーだろーが！　いつまでも呆《ほう》けてないでさっさと起きろ！」

団子っぱなの人相の悪い男が髪を掴《つか》んで、無理やり俺の体を引き起こす。

「くっ……」

この男は、確か……

薄ぼんやりとだが、自分の状況を思い出す。

一万年前。そう、俺が《最弱の攻略者》と言われていた頃のことを。

「すみません」

やられてることは理不尽極まりない暴力だ。

だが俺はこの男——パーティーのリーダーである毒島《ぶすじま》に謝罪する。

時間の巻き戻った今の俺に、エターナルダンジョンをクリアした力はない。

一応、ライフストリームとエクストリームバーストは使えると思うが、状況をハッキリさせるまではおとなしくしていた方が利口だ。

「ちっ、いいからさっさと進め」

「わかりました」

俺は毒島の命令に素直に従い、ダンジョンの先頭を歩き出す。

◆◆◆

レジェンドスキル【不老不死】。

それは絶対に死なず、ダメージや異常を瞬時に回復する効果のあるスキルだ。

メリットだけ見るなら、それは最強クラスのスキルと言っていいだろう。

何せ、何があろうとも、本人が死を望まない限り絶対死なないスキルなわけだからな。

ただし、このスキルは、というかレジェンドスキルに分類されるスキル全てではあるが、効果が強力な分、それに対応する強烈なデメリットがあった。

俺の【不老不死】デメリット。

それは――レベルアップ不可と、スキル取得不可である。

絶対に死なず、どんな病気や状態異常をも無効にする【不老不死】。

だが同時にこのスキルは、俺のあらゆる変化をも禁じてしまう。

そう、成長もだ。

それこそが強力すぎる【不老不死】の、あまりにも大きすぎるデメリット。


レベルアップとスキルの取得は、攻略者にとって伸びしろの全てと言っていい。

そのため、その二つが制限されてしまうのはあまりにも致命的だった。

……不死身という特性があっても、成長できなければただの死なない人でしかないからな。

そんな俺についた二つ名が、最弱の攻略者というわけである。

「ぐっ⁉」

前方から飛んできた岩が直撃し、俺の腹部から右肩にかけてが吹き飛んだ。

普通の人間なら、即死のダメージである。

「トラップだらけだな。ほんと、メンドくせぇダンジョンだぜ」

俺から少し離れた後方を歩いていた毒島たちが、遅れてやってくる。

「おい、さっさと起きろ」

気絶していると思い込んでいる毒島が、俺を殴ろうとする。

俺はそれを、手を上げ制した。

「大丈夫です」

「んあ？　死んだのに気絶してねーのか？」

「慣れてきました」

かつての俺なら、痛みで意識を失っていたことだろう。

だが、エターナルダンジョンで一万年間ひたすら死に続けた今、上半身が一部吹き飛んだぐらいの痛みで意識が飛ぶようなことはない。

「はっ！　だったら休んでないでさっさと歩け！」

毒島に蹴り飛ばされ、俺は再び歩き出す。

俺のこのパーティーにおける仕事はトラップの処理と、魔物による奇襲への備えだ。

【不老不死】によって不滅の肉体を持つ俺は、トラップにかかろうが、魔物に奇襲されようが死ぬことがないからな。

囮《おとり》としては一級品というわけである。

ちなみに、トラップや奇襲に対する対策アイテム、スキルというものはちゃんと存在している。

だがこのパーティーはそれらを利用しない。

なぜなら……そういった関係のスキル持ちは比較的貴重で、代替えとなるアイテムも値の張る消耗品となっているからだ。

まあ要は、俺を雇って安上がりで済ませてるってわけである。

◇◇◇

「うおおおぉぉぉん!」

ダンジョンを進んでいくと、狼《おおかみ》の雄叫びが聞こえてきた。

それとほぼ同時に、物陰から二足歩行の狼。ワーウルフが三匹姿を現す。

魔物だ。奴らは獲物である俺たちを見つけると、迷わず突っ込んできた。

ワーウルフの強さのランク分類はEと低めだが、それでも魔物であるため、熊すら一撃で屠《ほふ》るほどの力があると言われている。

つまり、攻略者でなければ到底対処不能な化け物というわけだ。

「……」

俺は咄嗟《とっさ》に身構えそうになったが、それを止《や》め、あえてそのまま抵抗せずにワーウルフの爪によって引き裂かれることを選択する。

命の力を使えば戦えはするだろう。

だが、レジェンドスキルの制約で強くなれないはずの俺が急に強くなったら、毒島たちに勘繰りを入れられてしまうのは目に見えていた。

時間が巻き戻ったばかりで正確に状況を把握できていない今は、とにかく、目立たずおとなしくしておくのが吉だ。

「へっ！　雑魚《ざこ》が!!」

毒島たちとワーウルフたちとの戦い。

一般人から見れば、化け物じみた力を持つEランクモンスターではあったが、数的有利を取っている毒島のパーティーにとって、それほど恐れる相手ではなかった。

彼らは上手《うま》く連携し、ものの数十秒で魔物たちを殲滅《せんめつ》してしまう。

「ちっ、魔石だけかよ。しけてんな」

死んだワーウルフは、まるで空気に溶けてしまったかのように肉体が霧散《むさん》し、ドロップアイテムである魔石へと変わる。

魔石は魔物が落とす最もポピュラーなアイテムだ。

産出数はかなり多いが、現代社会を支えるクリーンエネルギーとして利用されているため、需要が高く、決してそれほど安い物ではない。

まあ他のマジックアイテムや、装備のドロップに比べると確かに価格は低めではあるが。

「おら、いつまでも突っ立ってないでさっさと行きやがれ」

ドロップが気に召さなかったのだろう。

八つ当たりと言わんばかりに、不機嫌な毒島が俺に蹴りを入れてくる。

理不尽極まりない行動に少々腹が立つが、揉《も》め事を起こす気はないので俺はぐっと堪えた。


……とにかく今は堪えて、仕事を終わらせることだけを考えよう。


「ちゃんと見張ってろ」

その後もトラップにはまったり、魔物の奇襲を受けつつ進む。

しばらく進んだ所で、毒島たちは俺に見張りを命じ、自分たちだけ休憩を始める。

……そういや、もう一つ仕事があったな。

不死身の俺に休憩は必要ない。

睡眠も。

まあ眠れないわけではないんだが、少なくとも疲労回復としては必要なかった。

そのため、パーティーの休憩中は俺が見張りをする決まりとなっていた。

休みもなく。

暴力も恒常的に振るわれ。

しかも死にまくる。

職場としては確実に最悪と言えるだろう。

それでも一万年前の俺が我慢してこの仕事を続けていたのは、報酬が良いの一言に尽きる。

俺には金が必要だった。普通に職に就いて働いていたのでは、足りないレベルで。だから最弱呼ばわりされても。過酷な環境だったとしても。俺はこうして攻略者として不過な環境にもめげず働いていた。

全ては妹を守るために。


妹の名は顔憂。

二年前に十四歳で覚醒し、そしてそのせいで今、昏睡《こんすい》状態に陥ってしまっている。

覚醒不全と呼ばれるもののせいだ。


今から三十年前。千九百九十九年七の月。この世界に未知の空間が突如姿を現した。

後にダンジョンと呼ばれるようになるものだ。

ダンジョンは危険な場所だったが、まるでそこを攻略しろと言わんばかりに、人類の中から特殊な力に覚醒する者が次々と生まれ始める。

彼らはゲームのようにレベルを持ち、スキルと呼ばれる特殊な能力を習得することができた。

そして覚醒によって力を得た者たちは、危険とわかりつつもダンジョン攻略へと、続々と乗り出していく。

魔物を狩ればレベルが上がり、さらに強くなれること。

そして魔物から得られる未知の品々が、富となりうることを、本能的に理解していたからだ。

それから三十年。覚醒した人々はダンジョンを攻略する様から、いつからか攻略者と呼ばれるようになっていた。


さて、覚醒すると人類は魔物と戦える力を得るわけだが……果たしてその状態を、純粋な人間と呼べるのだろうか？

結論から言うと、彼らは厳密には人類とは言えない状態となっていた。

覚醒は肉体を遺伝子レベルで作り変えてしまうようで、旧来の人類とは大きく違うと研究でもハッキリと答えが出ている。

まあ一応、交配自体は可能なので、便宜上は人類と同種という扱いにはなっているが。


――つまり覚醒とは、一種の生まれ変わりなのだ。

覚醒が根幹からの作り替えである以上、当然そこには、一定の確率でエラーが起こりうる。

そして覚醒時にエラーが発生し、肉体が崩壊していく現象を覚醒不全と言うのだ。

覚醒不全を起こした者に待っているのは、基本的に〝死〟のみである。

基本と言ったのは、たった一つだけ回復させる方法があるからだ。

それはあらゆるダメージや状態異常を治すと言われる奇跡の霊薬。エリクサーと呼ばれる物だ。


——そしてそれが妹の憂を救うための唯一の手段。


だが超が付くほど有用なエリクサーは、求める者も多い。

しかも大量入手できないレアアイテムであるため、その価格は高騰し、軽く数億を超えていた。

当然、それは普通に働いていたのでは決して手に入らない額だ。

だからどれだけ理不尽で苦しかろうが、それでも歯を食いしばって俺は今の仕事を続けなければならなかった。

妹を救うためのお金を稼ぐために。

◆◆◆

「今回は結構稼げたからここまでだな」

ダンジョン内部には、所々に外部へと繋《つな》がる転移ゲートがあった。

道中、そこそこレアなアイテムがドロップして稼げたため、パーティーはそこで探索を切り上げ、転移ゲートへと向かう。

「ほらよ、今回の報酬だ」

ゲートを通ってダンジョン外へ出た所で、俺への報酬が毒島から手渡された。

その金額は三十万。

俺は日当十万と高額で雇われているため、通常の労働に比べれば遥《はる》かに実入りが良い。

まあそれでも、他のメンバーと比べれば基本的に半分以下ではあるが……まあ戦闘能力がないので、そこはある程度仕方のないことではある。

「おっと、経費を引き忘れてたな」

毒島が経費として、俺に渡した金から七万円抜く。

経費というのは、ダンジョン探索で消耗したアイテムや、装備の修理費用のことだ。

実際ダンジョン探索には金がかかるので、経費の額自体は妥当と言えるものだった。

ただし……俺が日当で雇われてなければ、ではあるが。

日当の俺に経費などと言われても、納得できるわけもない。

だが当時の俺は、それに文句をつけることなく受け入れていた。引かれても、通常より遥かに稼ぎが良かったからだ。

それに、モメて次から呼ばれなくなっては困るというのもあった。

だが――

「経費ってなんの経費だ？」

俺は毒島が抜き取った七万円を、その手から素早く奪い返す。

「俺は一円たりとも経費は使っていないぞ。日当で雇われている額から引かれるいわれはないな」

急な態度の変化に、毒島が驚いて目を白黒させる。

今の俺には力がある。もうこいつらに頼る必要がない以上、ご機嫌取りをする必要などない。

「は……てめぇ、ふざけてんのか？　誰のおかげで今まで稼げてきたと思ってんだ？」

「ピンハネされてなきゃ、多少は感謝してたかもな。額面通りでない時点で、お前らに恩義を感じてやるいわれはない」

「てめぇ！　ぶっ殺されてぇのか‼」

俺の態度に青筋を立て、毒島が怒りをあらわにする。

他のメンバーも同じような感じだ。

「俺が死なないのはよく知ってるだろ？　だからダンジョン内でも、あんだけ遠慮なく俺のことを殴ってたんじゃないのか？」

俺は意図的に挑発する。

一万年以上前の恨みなんて、さすがに抱えてはいない。

が、今日やられた分だけでも普通に憤慨物である。ある程度仕返しをしてやらんと、気が済まない。

「ああ、そうだな。てめぇは死なねえ。それに怪我《けが》も一瞬で治る。つまり……ここでぶち殺しても、俺は大した罪には問われねぇってことだ」

攻略者だろうがなんだろうが、他人を傷つければ傷害だし、殺せば殺人だ。

大手ギルドならある程度もみ消せるのかもしれないが、そうでないなら、人前で暴力を振るえば問答無用で法の裁きを受けることになる。

だが毒島の言う通り、殴っても相手が無傷なら大した犯罪にはならない。悪くて、数日拘置所にぶち込まれる程度だ。

なので奴は、気に入らなければ俺を遠慮なくぶん殴ってくるだろう。

ま、それがわかってるからこっちも挑発してるわけだが。

堂々とぶん殴る大義名分ができるわけだからな。

「ふーん？　それで？」

「この雑魚が！　調子に乗ってんじゃねぇぞ!!」

俺の挑発でキレたのか、毒島が殴りかかってくる。

以前ならそのまま吹き飛ばされ、一発ケーオーだったことだろう。

この頃の俺は、冗談抜きに死ぬほど弱かったからな。

だが、時間を回帰して戻ってきた今は違う。

俺は素早くライフストリームを発動させる。

自らの命を燃やし、そのエネルギーを身体能力へと変える秘技。これにより、俺の能力は爆発的に上昇する。

まあ命を十二個まで増やし、極限まで体を鍛えた時間回帰前の俺からすれば、微々たるレベルだが、それでも――

「なっ⁉」

毒島相手ならこの程度で十分だ。

俺は片手で悠々と、奴の拳を受け止める。

「なんで無能のてめぇが……」

毒島の驚愕の顔。

こっちはレベル一固定で、スキルも【不老不死】以外ない糞《くそ》雑魚だ。

そんな死なないだけが売りの相手に、手加減不要と全力で殴りかかったら軽く片手で止められてしまったんだから、そりゃ驚くよな。

「いつまでも、弱いままだと思ったのか？」

俺は毒島の、隙だらけの脇腹にお返しとばかりに拳を叩き込んでやる。

「ぐぅ……このパワー……てめぇどうやって……」

「そんなもん、いちいちお前に教えるわけねぇだろ」

「てめぇ！」

「舐《な》めんな!!」

毒島が殴られたのを見て、他のメンバーが一斉に殴りかかってきた。

さすがに六対一の状態だときつい。

なので、俺はエクストリームバーストを発動させ、身体能力をさらに跳ね上げる。

命を爆発させたことで全身に強い痛みが走るが、もうこの痛みにも慣れっこだ。問題なく戦える。

「がっ!?」

「ぐわっ……」

「ぐぅ……」

殴りかかってきた五人を、俺は軽く返り討ちにする。

「くそ……」

「さて？　どうするんだ？　このまま続けるか？　絶対負けない不死の俺との殴り合いを？」

毒島たちを徹底的に叩きのめすことは容易《たやす》い。

とはいえ、だ。このまま喧嘩《けんか》を続けると、最悪やり過ぎて俺が豚箱行きになる可能性が出てくる。

さすがにそれは困るので、ある程度のところで抑えておかないと。

「毒島のパーティーが、最弱の攻略者相手に六対一で完敗する。さぞ面白い噂《うわさ》が広まるだろうな」

そんなことになれば、当然毒島たちの面子《メンツ》は丸潰《まるつぶ》れである。

こういう奴は実力が大したことないくせに、プライドだけは高かったりするからな。

さぞ屈辱的なことだろう。

「なんだったら武器を使ってもいいんだぜ？　まあその場合、お前らはムショ行きだろうけど」

怪我さえしなければ重罪にならないとはいえ、さすがに武器を使って相手を切り飛ばせば話は変わってくる。

そんな真似をしておいて、回復したから大したことがなかったなんて通じるわけもないからな。

なので使ってくることはないだろう。

ま、仮に使ってきても俺が勝つけど。

「くそが……てめぇ、覚えてろよ……」

「それは宣戦布告か？　言っとくけど……俺はダンジョンでお前たちが通りそうな所を延々待ち伏せすることだってできるんだぜ？　何せ不死身だからな。その気になれば、何カ月だって潜んでられる。今までやられた恨みを考えたら、それぐらい余裕だ」

もちろん、そんな真似をしたりはしないが。

俺は覚醒不全で寝たきりになっている妹を救わなければならない。そんな無駄なことに使う時間などないのだ。

とはいえ、奴らはこっちの事情など知らない。

なので脅しとしては十分有効だろう。

「うっ……く……そ、そんなつもりはねぇよ」

俺の言葉に、毒島が顔色を変える。

「そうか？　だったら二度と俺の前に顔を出すな」

「……わかった。行くぞ」

毒島がメンバーを連れて、そそくさとその場を去っていく。

「本当は、今まで俺からピンハネしてきた経費分を返せって言いたかったところだけど……」

回収しようにも、そもそもどの程度取られたのかを覚えていないからな。

それに、揉め事をあまり拗《こじ》らせすぎると面倒くさいことになりかねない。

これくらいが落としどころとしては妥当だろう。

「……憂と母さんに会いに行こう」

一万年ぶりの家族との再会。

しかも生きている家族との。

そう考えるだけで、胸の奥から熱いものが込み上げてくる。

「母さん。憂。今度は絶対二人を守ってみせるから」

◆◆◆

「憂……」

ベッドで昏睡している妹の憂。

その姿はガリガリに痩せこけており、チューブなんかのいろいろな物が体中に繋がっている痛々しい姿だった。

その姿を見て、俺は思わず涙を流す。

「ぐっ、う……憂、兄ちゃん帰ってきたよ。今度こそ……今度こそお前を目覚めさせてやるからな」

眠る憂からしたら、目の前で泣きながら俺に帰ってきたと言われても、きっとなんのことかさっぱりだろう。

「そしたら……一緒に、父さんの墓参りに行こう」

父は妹を救うため、自殺していた。

覚醒不全を起こした憂は内臓の多くが駄目になっており、そのままの状態では持って数日だと医者に告げられる。

生き延びるにはエリクサーを使うか、移植しかない状態。

だがエリクサーは高すぎて、とてもすぐには手に入れられない。

そして移植でなんとかするにも、あまりにも余命が短く、また必要とする部分が多すぎた。

だから医者は、諦めてくださいと俺たちに告げたのだ。

確かに諦めるしかない状態だったと思う。でも、父さんは諦めなかった。

移植する臓器がないのなら、自分の物を使えばいいと。

そして……

「父さん……俺が絶対憂を助けるから、天国から見ててくれよ」

父さんの遺書には、『不甲斐《ふがい》ない父親ですまない。どうか憂を二人で守ってやってくれ』と書いてあった。

俺はその遺言を、父の願いを叶《かな》えることができなかった。

だけど、だけど今度こそ……

「あら、悠じゃない。来てたの？」

俺が妹を見ていると、ふいに病室の扉が開く。

振り返るとそこには母さんがいた。

一時はもう、二度と会えないと思っていた母さんが。

その顔を見ると、堪えきれずに涙が溢《あふ》れ出してしまう。

「どうしたの悠!?　何か仕事で辛《つら》いことでもあったの？」

涙を流す俺を見て、母さんが慌てる。

「ち、違うんだ母さん。逆だよ……」

「逆？」

「うん、逆さ。ほら、俺って強くなれなかっただろ？」

「ええ。だから危ない仕事をしてお金を稼いで……憂のことを思う気持ちはわかるけど、貴方《あなた》が無理して苦しんでも憂は決して喜ばないわ。エリクサーのことは全部お母さんに任せてくれればいいのよ」

母さんが心配げに俺の顔を覗《のぞ》き込んでそう言う。

仕事に複数のアルバイト。

それこそ休む暇もなく、母さんは身を粉《こ》にして働いていた。

だが、それでも母さんの稼ぎだけでは到底エリクサーには手が届かない。

もしそれだけに頼ってしまったら、それこそ手に入れるのに何十年もかかってしまうだろう。

「ははは、だから違うって。逆って言っただろ」

「逆って、何が逆なの？」

「強くなる方法が見つかったんだよ。これからは俺も、普通の攻略者としてガンガンお金を稼いでみせる。だから母さんは仕事を減らしてくれていいんだ。なんだったら、もう働かなくても大丈夫なぐらいさ」

かつては力がなかった。だが今は違う。二人を守るだけの力が、今の俺にはある。

まあ現状は回帰前に比べて相当弱くなってしまってはいるが、それもすぐに取り戻せるだろう。

そうなればエリクサーを手に入れることも、母さんに楽をさせてやることも容易い。

「強くなれるのはおめでたいことだけど……あんまり無理はしないでね」

「大丈夫だよ、母さん。何せ俺は不死身なんだから」

「それはそうだけど……痛みや苦しみがなくなるわけじゃないんでしょ？」

「強くなれば、そういうのからも自分を守れるから安心してよ」

弱いから苦しめられたり、死ぬことになるのだ。

強ければその心配はなくなる。

そこに嘘《うそ》はない。

とはいえ、強さとは相対的なものだ。

こちらがいくら強くなっても、それよりも強い相手と戦えば当然殺されてしまう。

まあ高難易度のダンジョンには行かず、自分より圧倒的に弱い敵だけ狩るのならそれを避けることもできるだろう。

時間があるならそれも悪くない。

だが、そういうわけにもいかなかった。

俺は急がなければならないのだ。

そう――

◆◆◆

崩壊型ダンジョンが発生する前に、エリクサーを手に入れるために。

今から一年後。旧来のダンジョンからは、魔物が出てこないという常識を覆す事態が起きる。

それが崩壊型ダンジョンだ。

既存のものとは違い、崩壊型ダンジョンは内部から魔物が飛び出してくる。

これによりダンジョンが一般人にとって危険がないという安全神話は崩れ去り、そこから世界は激変することとなった。


憂や母さんが死んだのも。

俺が二人を守れなかったのも。

全てはこのダンジョンのせいである。


——なぜなら最初の崩壊型ダンジョンは、今憂がいるこの病院の地下で発生したからだ。


動けない憂を守るため、魔物によって阿鼻叫喚《あびきょうかん》の地獄となった病院に母さんは勇敢に突入し……

そして魔物によって二人とも殺されてしまう。

だが、今回はそんなことは絶対に起こさせはしない。

憂を目覚めさせ、二人を崩壊型ダンジョンの脅威から守り抜いてみせる。

守るだけなら、妹をさっさと別の病院に移せばいいだけ？

残念ながら、今の憂を別の病院に移すことはできない。

現在症状が安定しているとはいえ、下手に動かすと肉体の崩壊が起きないとも限らないからだ。

だから崩壊型ダンジョン発生前に、なんとしてもエリクサーを手に入れなければならない。

まあエリクサーを手に入れても、崩壊型ダンジョンへの対応はするが。いや、していくというのが正解か。

崩壊型ダンジョンによる世界への影響を抑えることは、巡り巡って家族の安全に繋がるわけだから。

そのあたりのことは、今は母さんには伏せておく。

まだ先のことだし、今言っても余計な心配をさせるだけだから。

話すのは憂を目覚めさせて、心労を少しでも軽くしてからだ。

とにかく、今は可及的速《かきゅうてき》やかに力を取り戻してエリクサーを入手すること。

そして一年後に発生する、崩壊型ダンジョンの出現に備える。

それが目下の目的だ。

「それならいいんだけど……」

「まあ見ててよ。そのうち攻略者ランキングに載るぐらい大活躍するからさ」

「それはすごいわね。でも……本当に無茶はしないでね」

「わかってるよ」

母さんごめん。

無茶だろうがなんだろうが、俺はやらなきゃならないんだ。

二度と失わないために。

崩壊型ダンジョンが世界に及ぼす影響は絶大だった。

世界中でパニックが発生し、既存の社会が劇的に変貌してしまうほどに。

まあ回帰前の俺は、そのあたりには全く興味がなかったんだけどな。最初の崩壊型ダンジョンの出現で家族を失った俺は、何も考えられず抜け殻のような状態だったから。

公園のベンチに座って空を何時間もぼーっと見上げていると、突然ある人物が俺に声をかけてきた。

「素晴らしい素質を持っているね……」

ただ死なずに生きているだけの、生きる屍《しかばね》のような日々。

中性的な顔立ちと、透き通るような声。

ぱっと見、女性とも男性ともとれる美しい姿をした黒髪の人物。

その人こそ、俺の師匠となる、命を武器として扱う術《すべ》を伝授してくれた人だった。

「君は強くなれる」

「……」

最初、師匠の言葉に俺は反応を示さなかった。

自分が強くなれるなどという話を信じられなかったというのもあるが、何より、全てを失った俺にはもう強さなど必要なかったというのが大きい。

「生きる気力が湧かない……か。まあその気持ちはわかる」

「あんたに……何がわかる」

俺の気持ちなんてわかるはずがない。

絶望に浸る俺に、当然だが師匠の言葉は響かなかった。

「家族を失い、生きる意義を見失ったのだろう？　私はそういう人間を、腐るほど見てきた」

「セラピスト気取りかよ。鬱陶《うっとう》しいから消えてくれ」

「私の話を聞いて損はないよ。何せ……君の失った家族を取り戻す唯一の方法を、私は知っているのだから」

家族を取り戻す方法。

一瞬その言葉に飛びつきそうになったが、すぐにバカバカしいと頭からその可能性を振り払う。

死んだ人間が生き返るわけがない。

それは絶対の真理であり、それこそ神でもなければそれを覆すことなどできやしないのだ。

無気力ではあったが、それくらいの判断は当時の俺にもできた。

だから俺には、師匠が胡散《うさん》くさい宗教の勧誘にしか見えなかった。

「……くだらない」

「君はエターナルダンジョンを知っているかい？」

そんな俺の冷めた反応などお構いなしに、師匠は言葉を続ける。

「……」

攻略者としては底辺を這《は》いずっていた俺だが、エターナルダンジョンのことは知っていた。

覚醒当時、攻略できるのは不老不死の俺だけなんて言われてもてはやされてたからな。

まあスキル効果の鑑定で、成長できないことが判明して一瞬でそんな話は飛んでいったが。

「実は最近……鑑定スキルによって、ダンジョン最深部にいるラスボスのドロップが判明したんだが……それが何かわかるかい？」

「知るかよ」

「クロノスの懐中時計。時を巻き戻す、神器級のマジックアイテムさ」

「時を、巻き戻す……」

死者は生き返らせられない。

それと同じで、時間を巻き戻すことなど物理的に不可能だ。

それはわかっている。

だが、かつて現実になかったダンジョンという謎の空間。

その中でも、攻略不能と言われるほどの超難易度を誇るエターナルダンジョン。

そこのボスドロップならば……

ひょっとしたらという微《かす》かな期待から、俺の心が揺れたのを今でも覚えている。

「まあ公開されてないから、確認はできないんだけどね。なんだったら、私が君の目の前で鑑定してあげようか？　私にも鑑定スキルがあるから」

「……」

目の前の相手が言う言葉が、本当ならという気持ちと。

いくら攻略不能と言われているダンジョンの報酬でも、そこまででたらめな効果が本当にあり得るのかという冷静な考え。

そんな気持ちのせめぎ合いから混乱し、その時の俺は言葉を返すことができなかった。

「そうだな……明日いっぱいまで、エターナルダンジョンのゲートで君を待つことにするよ。気が向いたら来てくれ」

そう俺に告げると、師匠の姿は一瞬で消えてしまう。

恐らく転移魔法だったのだろうと思うが、見たことのなかった俺には、その様子が酷《ひど》く神秘的なものに映った。

ひょっとしたら、今の人は不幸な俺にチャンスを与えに来てくれた神様なのではないか？

馬鹿げた考えだったが、そう思いたかった俺はいてもたってもいられず、エターナルダンジョンへと向かった。

そしてそこで師匠の鑑定から、クロノスの懐中時計が本当に実在することを知る。

「君は不死身だが、今のままではエターナルダンジョンをクリアすることはできないだろう。だから私が、君に強くなる術を与えてあげよう」

師匠から学んだのは、命のコントロール方法。

普通の人間なら瞬く間に命を燃やし尽くす危険な力だったが、不死身の俺の命には終わりも限界もない。

それは正に、俺のためにあるような技術だった。

「諦めず、最後まで頑張るんだ」

「はい。今までありがとうございました、師匠」

師匠と出会ってから一年後。基礎訓練を終えた俺は、エターナルダンジョン攻略へと向かう。

そしてそれから一万年の時を経て、俺はついにエターナルダンジョンをクリアし、家族が生きている時代へと戻ってきた。

失った家族を、今度こそ守り抜くために。

◆◆◆

「結局、師匠は何者だったんだろう……」

自宅のベッドで座禅を組みながら、俺は呟《つぶや》く。

一年ほど行動を共にしたが、俺は師匠のことを何も知らない。

わかっているのはでたらめに強いってことだけで、結局その名前も性別も教えてもらえていなかった。

本人は自分のことを神とか言っていたけど……

まあとにかく、本当に不思議な人だった。

「強かったはずの師匠の情報って、全く出てないんだよな」

ダンジョンに電波等は入ってこない。

だから普通のスマホなんかじゃ、外の情報を得ることはできなかった。

ただし、スマホと似たような携帯端末型のマジックアイテムなら話は別だ。

どういう原理かはわからないが、外のネット回線に繋げることのできる特殊端末をエターナルダンジョンで手に入れた俺は、外の様子をちょくちょく確認していた。

まあ距離に限度があったせいか、数年という極々短い間でしかなかったが。

端末から入ってくる情報は、崩壊型ダンジョンの影響で世界がどんどん悪い方向へと向かっていることを俺に伝え続けた。

そんな世界で、師匠のような強者が目立たないわけがない。

だが師匠っぽい人物の活躍は、ネットのニュースなどに上がってくることはなかった。

「まさかとは思うけど、俺が端末を手に入れる前に亡くなってたとか……」

手に入れるまでに数年ほどかかっていたので、当然、その間の情報は入っていない。

なので、その間にという可能性もゼロではなかった。

まあ師匠のでたらめな強さを考えると、少々考えづらくはあったが。

「まあいいさ。時間は巻き戻ったんだ。またいつかどこかで、きっと師匠と再会できるはず。今は命を増やすことに集中しよう」

裂命――ライフディヴィジョン。

師匠から学んだ、命のコントロール方法の一つである。

命を裂いて二つにする方法で、本来一つしかない命を裂くと、普通の人間なら高確率で死ぬことになる危険な技だ。

まあ仮に死ななくても、命の総量自体は変わらないので、そもそも分裂させる意味自体ないのだが……俺だけは違う。

不死身の俺は、裂いた命が瞬く間に修復されるのだ。

それも二つとも、別々のものとして。

そのため裂命を行えば、俺の中で命を丸々増やすことができた。

そして俺の力の源は命。

つまり、裂命をすることで俺の力は大幅に増していくというわけだ。

まあ正確には、増やしただけでは駄目で、命を体に繋いで初めて力になるわけだが。

車のツインエンジンなんかと同じだ。ただ積んだだけでは意味がない。

機能するよう上手く繋いで初めて、二つ目のエンジンの意味が出てくる。

そして単純に命を増やすより、こっちの方が難しかったりする。

しかも繋ぐ数が増えれば増えるほど、その難易度は劇的に上がっていく。

その上、繋いだ後は体の慣らしも必要だ。

「ぱっぱぱっぱ進められたらいいんだけど、繋ぐのも慣らすのも時間がかかるんだよなぁ……」

回帰前。限界である十二個にするのに、俺は一万年近くかかっていた。

すでに一度、極限状態にした経験があるので、今度はそこまではかからないだろう。

とはいえ、それでも数年はかかるはずだ。

「取りあえず、最初の一年で六つを目指して頑張るとしよう」

◇◇◇

「ふぅ……」

命の複製自体はものの数時間で終わった。

だがそこから命を肉体と連動させるのには、三日ほどの時間が必要だった。

その間、全く動かない俺を心配して母さんが何度か顔を見に来たが、強くなるためには必要なことだからとだけ答えて、納得してもらっている。

早速心配をかけたことは心苦しくあるが、まあこれは必要なことだから仕方ない。

「取りあえず、万一に備えて命をもう二つ増やしとくか」

この二つは自分に繋ぐ用ではない。

増やした命は、実は他人にも分け与えることができた。

そして分け与えた命は、相手にとってのストックとなり、死んだ際に失われた元々の命と替わって新たな命となる。

要は、死亡時に一度だけ即座に蘇生できるってことだ。

当然、渡す対象は母さんと妹だ。

万一命を落とした場合の保険として、増やした命を二人に分け与えておく。

まあ回帰前は、崩壊型ダンジョンが発生する以前に二人の命が脅かされるようなことはなかったわけだが……

「大丈夫だとは思うけど、念には念を入れとかないとな」

俺の行動が変われば、それが周囲にも影響を及ぼす可能性がある。

そしてその結果、二人の命がなんらかの危険にさらされる可能性も否定できない。

だから万一の保険をかけておく。

ちなみに、俺の命を分け与えたからといって、相手が不死身になったりはしない。

不死身はあくまでも、俺の持つレジェンドスキルの効果で、俺の体から出たものは普通の命になってしまう。


それから俺は数時間かけて命を増やした。

「母さん……」

時刻は深夜。母さんは布団でぐっすりと眠りについていた。

その額にそっと触れ、俺は自分の中から命を一つ、母さんの体内へと流し込む。

これで万一何かあっても、一度だけは大丈夫だ。

「次は妹だけど……」

今は深夜だ。病院は開いてないし、忍び込むというのもあれである。

「病院が開くまで、体を動かすか」

繋いだ命を体に慣らすには、体を動かすのが一番だ。

理想は戦闘のような激しい運動なんだが……

「今からダンジョンに行くわけにもいかないし、まあランニングだな」

俺はジャージに着替えて家を出る。

「さて……ダッシュするか」

俺の肉体の疲労は、不死身の効果で瞬時に回復する仕様だ。

そのため、俺にとってのダッシュは実質軽いランニングと同じだったりする。

街中で深夜延々走るのは不審極まりない行動なので、取りあえず少し離れた場所にある山の方へと俺は向かう。


山に入って勾配のきつい道を小一時間ほどダッシュしていると——

「なんだ!?」

突如遠くで爆音が鳴り響いた。

そしてその直後に、すさまじい衝撃波を受けて俺は派手に吹き飛ばされてしまう。

「いったい何が……っ!?」

立ち上がって音のした方角を見ると、遠くで山が丸々吹き飛んでいるのが目に飛び込んできた。

「マジかよ……」

ガス爆発なんかにしては、規模があまりにも大きすぎる。

まあそもそもそれ以前に、こんな山中でガス爆発なんかが起きるとは思えない。

つまり、これは何者かによる破壊行為ということだ。

「攻略者だとしたら、とんでもないパワーだぞ」

パッと思いつくのが、攻略者ランキング五位のエリス・サザーランドだ。

彼女はレジェンドスキル持ちで、その魔法による一撃は攻略者屈指と言われている人物である。

その彼女ならば、このレベルの破壊もきっと可能だろう。

だが、エリスはイギリスの攻略者だ。わざわざ日本にやってきて、こんな場所で強力な魔法を放つ理由などあるとも思えない。

そもそも――

「こんなの俺は知らねーぞ?」

山が一つ丸々吹き飛んだ。

こんな大規模な破壊が起これば、間違いなく大ニュースになるはずである。

だが俺はそんなニュースを知らない。

いくら一万年前とはいえ、これだけ衝撃的な事件を忘れるなんて考えられないことだ。

「いったいどういうことだ？」

回帰前とは明らかに違うと考えていいだろう。

俺の行動が原因？

そんなわけはない。毒島たちをやり込めたら山が吹き飛びましたなんて、バタフライエフェクトの範疇《はんちゅう》を超えすぎている。

もし本当にそうなら、桶屋《おけや》も真っ青だ。

「とにかく、離れた方が良さそうだな」

君子危うきに近寄らず、である。

俺は急いで家に帰るべく道を引き返そうするが――突如、俺の目の前で轟音《ごうおん》と共に大量の土煙が上がる。

「くっ!?　今度はなんだってんだ!?」

一瞬、何かが目の前に落ちてきたように見えた。

土砂などの粉塵《ふんじん》で視界は利かないが、取りあえず敵と仮定し俺は身構える。

「ふむ……なかなか力のコントロールが利かんな」

土ぼこりが収まると――

そこには長い黒髪の、赤い瞳の美女が立っていた。

女性はメリハリの利いた肉感的な体をしており、首元にファーの付いた黒いライダースーツのような衣類を身にまとっている。

「あんた……誰だ？」

見たことのない女性だ。

少なくとも、攻略者ランキングなんかで名前の載っている人物に、こんな女はいなかったはず。

まあランキングに載っている人物だけが、強者ってわけではないが……

「我がわからんか？」

俺の問いに、女が口の端を歪めて挑発的に笑う。

その妖艶な唇から覗く鋭い犬歯が、不思議と目についた。

「どなたか知らないが、初対面だ」

「くく……あれほどの激闘をした仲だというのに、わからんとは寂しいものだな」

「激闘？」

言っている意味がまるでわからない。

相手は初めて見る顔で、当然、そんな女性と戦った記憶などない。

そもそも、この時点での俺は死なないだけで、一般人に毛の生えた程度の力しかないのだ。

目の前で地面を爆発させた原因である女と、その俺が激闘などと、あり得るはずもない。

「やれやれ、鈍いな。それなら……これでどうだ」

「くっ⁉」

女の額にひし形に赤く光る宝玉が浮かび上がり、その背からは黒い羽のような物が生えてきた。

と同時に、すさまじいプレッシャーが俺の全身にのし掛かる。

「この感覚……それにその羽の形状……まさか……」

あり得ない。あり得るはずがない。だが俺の本能がこう告げている。

この女。人外のような姿の、目の前のこの女が。


――魔竜であると。

「アングラウス……」

俺の言葉を聞き、女は満足そうに目を細める。

「くくく……」

女――いや、魔竜アングラウスが、その指先を俺に無造作に向ける。

次の瞬間、俺の視界がブラックアウトした。

どうやら奴に上半身を吹き飛ばされてしまったようだ。

だが不死身の俺の肉体は瞬時に回復し、すぐに視界や音が戻ってくる。

「弱いな。一万年前のお前はこんなに弱かったのか？」

「……」

過去に戻った今の俺と、魔竜アングラウスにはどうしようもないほど、隔絶した力の差がある。

不死身だから死にこそしないが、現状では戦いにすらならないだろう。

「はぁ……リベンジマッチと考えていたのだが、これでは倒す意味がまるでないな」

「……なぜだ？」

ため息をつき、つまらなさそうにするアングラウスに、俺は問いかける。

「なぜ、お前がここにいる？」

俺の投げかけた疑問は当然のものだ。

奴はエターナルダンジョンのボスで、崩壊型ダンジョンの魔物ではない。

本来なら、ダンジョンの外には出られない存在なのだ。

だが奴はこの場にいる。

しかもその口ぶりはまるで……いや、間違いなく時間が回帰する前のことを覚えていると思われるものだ。

「なぜ回帰前のことを覚えている？」

「くくく……なぜだと思う？」

アングラウスが黒髪をかき上げ、揶揄《からか》うように問い返してきた。

その様子から、殺気は一切感じない。

なので、少なくとも問答無用で暴れる気はないように見える。

……それだけが救いだな。奴に本気で暴れられたら、今の俺にそれを止める術はない。

「それがわかるなら、聞いてはいない」

「やれやれ、つまらぬ返事だな。少しは考えたらどうだ？」

現状、全く理解不能な状態だ。

考えたところで、答えなど出るはずもない。

「まあいい。クロノスの懐中時計は、我を倒して手に入れただろう？　そのアイテムの効果が、元々所持していた我にも影響を及ぼした。だから覚えているのだ」

確かに、時間を巻き戻すアイテムは奴からドロップした物だ。

まさかあの時計に、落とした魔物すら回帰させる効果があったとは……

「だから言っただろう？　また会おう、とな」

「……」

確かに言っていた。

つまり奴は、時計の効果が自分にも及ぶことを、最初っから知っていたというわけだ。

「我が外に出れた理由についてだが……それは力ずくで聞き出してみるがいい」

「……」

アングラウスが、挑発するかのように俺に一歩近づく。

だが殺気や敵意のようなものは感じない。

これも揶揄っていると思って間違いないだろう。

「やれやれ、焦る素振り一つ見せんか。まあいい、安心しろ。今のお前と戦う気はない。何せ弱すぎるからな」

弱いから相手にしない。アングラウスはそう言い放つ。

ここは弱くて良かったと、そう素直に考えることにする。

もし力をそのまま引き継ぎ、お互い全力でぶつかっていたらどうなっていたことか……

家からそれほど離れていない場所でそんな戦いをしたら、きっと母さんや憂の身に危険が及んでいただろう。

とはいえ……俺とは戦わないとは言ったが、魔物である奴が何をするかはわかったものではない。

先ほども山を吹き飛ばしたことを考えると、無差別に暴れて、周囲を焦土《しょうど》に変える可能性は十分考えられる。

できるだけ速やかに家に戻って、母さんと、それに憂をなんとかして遠くに連れていかなければ
……いや駄目だ。憂は運べない。ならなんとかして、奴をここから遠く離れた場所に誘導しないと。

暴れるのなら別の場所で暴れてもらう。

他所《よそ》で莫大《ばくだい》な被害が出るだろうが、悪いが俺にとっては家族が最優先だ。

「まあそう浮足立つな。別に無差別に暴れるつもりはない」

「山を吹き飛ばしておいてか？」

俺は吹き飛んだ山の方を見る。

あんな真似をしておいて、暴れるつもりがないと言われても説得力は皆無だ。

「ああ、あれは事故だ。外に出たはいいが、着地に失敗してしまってな。意図してやったことではない。だいたい、今暴れていないのがその良い証拠だと思わんか？　そもそも……今のお前を騙《だま》してなんの得がある？」

「まあ……確かに」

どこまで信用していいかはわからないが、少なくとも、奴が今の俺を騙す意味はないというのには同意する。

なので今暴れる気がないというのは、本当なのだろう。

「ふむ……まあこんな場所で立ち話もなんだ。お前の家に招待しろ」

「は？」

「何を驚いている？　我は外の世界をあまり知らんからな。しばらくはお前に厄介になるつもりだ。暴れずの対価としては、悪くない話だと思うが？」

「ふざけるなよ……」

アングラウスのような危険な生き物を、母さんや妹の近くに寄らせるわけにはいかない。

今暴れる気がないからといって、いつ気が変わるかわからないような相手だ。

それならどこか知らない場所で暴れ回ってもらった方が、遥かにマシである。

「なんだ、嫌なのか？　では自分で見つけるとしよう。我は鼻がいいからな。お前や、お前に近い匂いを見つけ出すのは容易いことだ。どれ……」

アングラウスが鼻をひくひくさせる。

そして俺の家のある方角を向き、にやりと笑う。

「この方角から、お前の血縁者の匂いがするな」

こいつ……

「くくく、そう怖い顔で睨《にら》むな。お前の家族に手は出さんと、このアングラウスの名に懸けて誓おう。我が自らの名に懸けて誓う以上、この誓いは絶対だ」

アングラウスの額の宝玉が輝く。

その光には力があった。

それは魔竜自体を縛る誓約の力であることが、俺には本能的に理解できた。

「なんでそこまでする？」

アングラウスの行動は、完全に理解不能なものだった。

自らに制限をかけてまで、俺を信用させる意味など奴にはまるでないはずだ。

「敬意だ。お前は我を倒した。その強者に対する尊敬の念と言っていいだろう」

真っすぐに俺の目を見て、奴はそう言う。

「わかった」

力の差が圧倒的にある以上、主導権は奴にある。

その上で、ここまで誠意を見せたということは、その言葉に嘘偽りはないと考えていいだろう。

少なくとも、誓いの縛りがある以上、家族への害はないはずだ。

ま、それでも、絶対的に安全とは限らないが……

保証されているのは、あくまで俺を今倒す気がないのと、家族に手を出さないということだけだからな。油断は禁物だ。

「ああ、言っておくが……お前へのリベンジはいずれさせてもらうぞ。今は弱いから戦わないだけだ。それは忘れるなよ」

「わかった」

「では、お前の家に案内してもらうとしようか」

ここで立ち話をしていたのでは、異変に駆けつけた警察や自衛隊と遭遇することとなる。

魔竜と一緒に目立つ気はさらさらないので、俺は素直に奴を家へと案内する。

やれやれ……やるべきことは腐るほどあるってのに、そこにアングラウスとのことまで加わってしまうとはな。厄介な話だ。

アングラウスを連れて家へ戻ると――

「悠！　どこに行ってたの！」

まだ日の出前だというのに、母さんはすでに起きていた。

「お母さんすごい爆発音で飛び起きて、しかも悠がいないからびっくりしたじゃないの！　何かあったんじゃないかって心配したのよ!!」

山を吹き飛ばす轟音は、この辺りまで響いていたようだ。

「心配かけてごめん、母さん。ちょっと気分転換にランニングしてたんだ。そしたらすごい音がしたから、慌てて家に帰ってきたんだよ」

「そう……まあ無事で本当に良かったわ。憂のことが心配だから、母さん今から病院に行ってくるわね」

俺の無事を確認した母さんは、慌てて家を飛び出していく。

引き止めようかとも思ったが、止めておいた。

「山が吹っ飛んだだけで、病院に影響はないよ」

とは言えないからな。

近くの山が吹き飛んでるのに安心しろとか、無理がありすぎる。

大体なんでそんなこと知ってんだって話だし。

まあ病院はそこまで遠くはないので、自分の目で見て安心してもらうのが一番だろう。

「ったく……お前のせいだぞ」

俺が足元の黒猫に文句を言うと……

「アレは些細《ささい》な事故だ。細かいことをいちいち気にするな」

ふざけた返事が返ってくる。

この黒猫は、魔竜アングラウスの変身した姿だ。

見知らぬ女を朝っぱらから家に連れていくわけにもいかないので、猫に化けてもらっている。

「お前にとっては些細なことでも、弱い人間にとっては生き死にのかかった脅威になるんだよ」

「そうか。なら、次からは気を付けるとしよう」

次からは気を付けると、アングラウスはあっさり口にする。

こちらとしてはありがたいのだが、凶悪なダンジョンボスが人間に配慮して行動するというのは、なんだか違和感が半端ない。

「ところで……人間というのは皆、命が複数あるものなのか？」

「藪《やぶ》から棒だな。人間の命は一つだけだ。だから無暗《むやみ》に壊さないでくれよ」

「一つか……つまり、二つの命を持つお前の母親は特別というわけだな」

「――っ⁉」

こいつ、母さんの中に命が二つあることを見抜いてやがる。

命なんてものは、通常可視化できるものではない。

魔法で何かやっていたようにも見えなかったし、こいつはどうやって気づいたんだ？

「お前には命の数が見えるのか？」

「見えると言うよりは、感じると言った方が正しいな。ちなみに、今のお前の命の数は三つ。どうだ？　合っているだろう」

アングラウスが俺の中の命の数を、正確に言い当てる。

本能か。それともスキルか。いずれにせよ、奴は他人の命を感知する能力があるようだ。

「ちなみに……戦ってる最中ずっと我は思っていたぞ。なぜお前の命は減らないのか？　こいつまじウゼェ、とな」

「俺はまあ……不死身だからな」

「羨《うらや》ましい限りだ」

「羨ましい……ね」

不老不死と聞くと、大抵の奴は羨ましいと言う。

まあ実際、普通に生活する分にはメリットしかないわけだから、そう思うのも無理はない。

特にアングラウスはすでに強さを兼ね備えているので、不死身になれば正に鬼に金棒だろう。

けど……レベル一の雑魚だった俺にとって、強くなれないってのは攻略者として致命的だった。

だからそんな能力を羨ましいと言われても、正直微妙な気分にしかならない。

いやまあ、結果的には強くなれたわけだし、こうして時間を巻き戻して家族を守るチャンスも手に入れたわけだが……

「あの時のお前は命が十二あった。今三つしかないことを考えると……そのあたりがお前の強さの秘訣といったところか」

俺の強さの秘密を、アングラウスは的確に見抜いてくる。

とんでもなく鋭い奴だ。

「まあそのあたりはどうでもいいか。で？　お前はどれぐらいで、あの時の強さに戻れるのだ？」

「数年はかかる」

命による出力アップはそう簡単ではない。

どうしても時間がかかってしまう。

「何年もかかるのか？　長いな」

「これでもかなり短い方なんだけどな」

すでに経験があるからその程度で済むのだ。

もしゼロからなら、一万年近く時間がかかることになる。

実際、一万年かけてその状態に至ってるわけだしな、俺は一度。

「やれやれ。お前へのリベンジマッチは、暫《しばら》く我慢する必要があるようだな」

アングラウスは力を取り戻した俺に、リベンジしたいと考えているようだが……

わかっているんだろうか？

俺が以前の力を取り戻したら、奴には勝ち目がないということを。

単純な強さならアングラウスの方が上だが、こちらは不死身だ。

それはつまり、絶対に俺が負けないことを意味している。

「仕方がない。力を取り戻すまでお前のそばにいるとしよう」

「……」

この化け物に自由に行動されるのは大問題だ。

だが、長々とそばにいられるのもそれはそれで……まあ家族に手を出さないと誓っているので、それだけが救いではあるが。

「そばにいるのはいいが、暴れるのは勘弁してくれよ」

「安心しろ。こう見えて分別はあるつもりだ。無意味に暴れたりはせんよ」

山を吹っ飛ばしたことを些細であるかのように言う奴に、分別があると言われても説得力がまるでないんだが？

まあどちらにせよ、今の俺の力ではどうしようもないので選択権はない。

アングラウスに分別が本当に備わっていることを、祈るばかりだ。

「まあよろしくな」

そう言うと、足元の黒猫は性悪《しょうわる》そうに笑う。

◇◇◇

妹の無事を確認した母さんが病院から帰ってきたので、俺はアングラウスのことを切り出す。

「母さん、猫を飼いたいんだけど」

奴には基本、人前では猫で過ごしてもらう。

竜はもちろんのこと、女性の姿で家に置いておくことはできないからな。

俺が紹介すると、アングラウスが俺の足元から顔を覗かせた。

「あら、可愛《かわい》い猫ちゃんね。もちろんいいわよ」

「ありがとう、母さん」

「ふふ、でもまさか貴方が猫を拾ってくるなんてね」

「ランニング中に見つけて、なんかビビッときてさ」

衝動的に拾ったことにしておく。

それ以外説明のしようもないし。

「そうなのね。ところで、名前はもう決まってるの？」

「え？　ああ、名前か。名前はそうだな――」

アングラウスという名は猫の名としてはあれだなと思い、短くしたアンにしようと思ったら――

「我はアングラウスだ」

アングラウスが自己紹介してしまう。人間の言葉で。

「は？」

「……え？」

俺はギョッとなり、驚いた母さんが固まる。

おいおい、何考えてんだこいつ？

驚かさないために猫に化けてもらったのに、喋《しゃべ》ったら全く意味がねーじゃねーか。

「驚く必要はない。我は顔悠の使い魔だ。本来はアングラウスと言うのだが、アンと気軽に呼んでもらって結構だ」

「つ、使い魔？」

母さんが俺の方を見る。

「あ、ああそうなんだ。攻略者としてのスキルで生み出した猫なんだ、アンは。最近スキルを覚えてさ。強くなれるって言っただろ？　ただ普通に言ったら驚かせると思って、最初は普通の猫ってことで慣れてもらおうと思ってたんだけど……」

確かにスキルの中には、魔物や動物を使い魔にするスキルがある。

なので取りあえず、ここはアングラウスに話を合わせておく。

「そ、そうなのね。お母さん少し驚いちゃったわ」

「我は使い魔なので、通常の猫のような世話は不要だ」

「そうそう。だから世話のことなんかは気にしなくても大丈夫だよ」

「わかったわ。アンちゃん……この子は不死身で死なないけど、でも痛みや苦しみを感じないわけじゃないの。だからこの子が無茶をしそうになったら、その時は止めてもらえないかしら。ひょっとしたら無理なお願いかもしれないけど……どうかお願いします」

母さんがアングラウスに向かって頭を下げる。

「母さん……」

不死身とはいっても、痛みや苦しみが消えるわけではない。

だから囮役なんて無茶な仕事をしてた俺のことを、母さんはいつも心配していた。

俺自身、それはよくわかっていたことだったが、以前はそれ以外の選択肢がなかったのだ。

けど、今は違う。

「心配しなくても大丈夫だって。前も言ったけど、俺はかなり強くなってるからさ。だから以前みたいな仕事はもうしないよ」

「でも、悠のことだから無茶しそうでお母さん心配なのよ」

「安心するがいい。我はこの世の誰よりも強い。ちゃんと顔悠の面倒は見てやる」

普通、こういう時に言う最強はジョーダンだったりするものである。

だが、アングラウスの場合はガチだ。

こいつと一対一で戦って勝てる奴は、現在の攻略者の中にはいないと断言できる。

それくらいでたらめに強い。

「ふふ。ありがとう、アンちゃん。あ、そうだ。今から朝ご飯を作るんだけど、アンちゃんはどういった物を食べるの？」

「我か？　我は肉食だ。肉ならなんでもいいぞ」

「じゃあ豚を焼いてあげるわね」

「おい、猫のふりしてくれるんじゃなかったのか？」

母さんがキッチンで朝食を作りだしたところで、俺は小声でアングラウスに苦情を告げる。

「最初はそのつもりだったが……長期間飼い猫としてこの家にいるのは、いろいろと面倒くさそうだったからな。だからこの際、使い魔として自己紹介したのだ。お前だって、世話をするふりなんて、面倒くさい真似をしなくて済むだろ？　正に一石二鳥だ」

棲み着くのが年単位と考えると、気を付けていたってそのうちボロが出る可能性は高い。

そう考えると、最初っからこいつが特別だってバラしておいた方が、確かに楽ではある。

「上手くいったからいいけど、もし母さんが喋る猫を嫌がったらどうするつもりだったんだよ」

使い魔と紹介してはいるが、猫型の生き物が言葉を話すことを、不気味に思う可能性は十分あり得た。

だって喋らないからな、普通は。

「死なない不気味な息子を持っているんだ。そんな些細なことなど、いちいち気にしないだろう」

「誰が不気味だ。誰が」

まあ確かに、冷静に考えると、ぐちゃぐちゃにされても次の瞬間回復してるのは不気味っちゃ不気味ではある。

だが、さすがにそれを巨大な魔竜に言われる筋合いはないぞ。

◇◇◇

「さて……」

俺は、ダンジョンへとやってきていた。

場所は毒島たちと探索していた所だ。

「こんな低レベルダンジョンに来て、何か意味があるのか？」

俺に付いてきたアングラウスが尋ねる。

姿は相変わらず猫のままだ。

「ランクを上げないことには、上のダンジョンに行けないからな」

「ランク？」

「攻略者とダンジョンにはランクがあるんだよ」

攻略者、そしてダンジョンにはランクがあった。

FからSSSまでの九段階。

まあダンジョンだけは例外として、攻略不能と判断されるExtra《エクストラ》がその上にあったりするが、それは置いておく。

基本的にダンジョンのランクは、ゲートから計測される魔力で判別され、攻略者のランクはレベルで決まる。スキルなどは考慮外だ。

「で、攻略者のランクが低いと、高ランクのダンジョンに入れない決まりになってるのさ」

挑めるのはランクの一つ上までという制限が、攻略者を管理する協会によって設けられている。

そのため、低ランクのままでは高ランクダンジョンには挑めない。

「俺はレベルが上がらないから、そのままだとFランクのままで上位のダンジョンには入れない」

レベルを上げられない俺は、このままではEランクダンジョンまでしか入れない。

だが、レベル以外にもランクを上げる方法があった。それが――

「だからこのダンジョンをクリアして、証《あかし》を手に入れる必要があるのさ。ランクを上げるために」

証である。

ダンジョンクリア時には、そのランクに見合った証が手に入る。

それを攻略者協会に提示すれば、クリアできるだけの力があるとみなされ、ランクを上方修正してもらえるのだ。

俺はそれを使ってランクを上げるつもりである。

あ、ちなみに証ってのは物ではなく、手の甲に刻まれる紋章のことを言う。時間経過で消えるタイプの。

なので、別の人間がクリアして誰かに譲渡するような真似はできないようになっていた。

要は、金では買えないってことだ。

「制限ね……人間とは面倒な真似をするのだな」

「人間ってのは弱いからな。だから安全面を重要視するのさ」

低レベルの人間が、無謀に高ランクダンジョンへと挑めば命を落とす危険がある。

協会が制限をかけているのは、そういったことを防ぐための措置だ。

何せ制限ありの現状でも、毎年結構な数の人間がダンジョンで命を落としてるわけだからな。

それは当然の対応と言えるだろう。

「ああ、そうそう……そこ、罠があるぞ」

アングラウスが罠を見抜いて教えてくれる。

だがちょっと遅い。

急に言われても、踏み出した足は止められない。

地面を踏んだ瞬間、足元に魔法陣が現れ槍《やり》が飛び出してきた。

「よっと」

それを俺は片手でキャッチして止める。

回帰前なら間違いなく串刺しだっただろう。

だがすでに追加の命を繋げた俺に、この程度の罠は通用しない。

まあ仮に喰らっても痛いだけで、全く問題ないが。

「ショボい罠だな」

「まあEランクのダンジョンだからな」

アングラウスはショボいと言うが、こんな罠でもEランク攻略者にとっては脅威だ。

まあ直撃して死ぬ奴はそうそういないだろうが、反応が遅れれば大怪我である。


俺は出てくる魔物を始末し、ドロップ品を収集しながら進んでいく。

第三章　ヒヨコ

「武器か……そういえば悠は武器を使わんのか？　お前には爪も牙もなかろう？」

ワーウルフを倒すと、レアアイテムに当たる武器を落とした。片手で扱えるタイプの剣だ。

それを見たアングラウスが俺にそう尋ねてくる。

「武器は使わない」

「なぜだ？」

武器を使わない理由は二つある。

「使う意味がないってのと……」

一つ目は、武器に俺の命のエネルギーを乗せられない点だ。

アングラウスと戦った際、俺は自傷ダメージを無視したパワー収束タイプの攻撃を行っている。

あれは自分の体のみにできる行為で、武器を持つよりずっと破壊力が高かった。

つまり、武器を持つと火力が落ちてしまうのだ。

で、もう一つが――

「そもそも俺だと、武器の力を引き出せないからだ」

使用制限である。

理由としてはこっちの方が大きいだろう。

「そうなのか？」

ダンジョンで手に入る装備類は、制限のようなものがついている。

まあ装備自体できないってわけではないが、求められる魔力を満たしていないと、本来の力を発揮できないのだ。

「ああ、俺は魔力がほとんどないからな」

俺はレベル一の、超低魔力。

しかも命を燃やしても魔力は一切変化しないため、強力な武器を装備してもただの宝の持ち腐れなのだ。

せめて命の力を乗せられれば話は変わってくるのだが、そうでない以上、武器を装備する意味はまるでない。

「そういえば、悠の魔力はかなり……というか、確かにビックリするほど低いな。本当に不思議な奴だ」

「ま、俺は特殊だからな」

剣を拾ってベルトに挟む。

当然これは回収する。俺は装備しないが、そこそこの値段では売れるからな。

エリクサーのことがあるので、ガンガン稼がないと。

◇◇◇

「さて、ボスだ」

Ｅランクダンジョンは攻略され尽くされており、その内部の地図は、普通にスマホの専用アプリで購入できた。

俺はそれを使って、最短でダンジョンボスの待ち受ける場所へと到着する。

「少し大きいだけで、大して差はなさそうだな」

ボス部屋である広い空間には、巨大なワーウルフが鎮座していた。

こいつがこのダンジョンのボス、エリートワーウルフだ。

そしてその周囲には五匹、通常のワーウルフたちが取り巻きとして佇《たたず》んでいる。

通常のワーウルフとエリートでは、相当な力の差があるのだが……まあ、アングラウスレベルの魔物からすれば、大差ないと感じるのも無理はないか。

「お前にとっては雑魚でも、今の俺にとっては結構面倒くさい敵なんだよ」

命一つでも、時間さえかければ倒せなくないレベルではある。所詮、Ｅランクのボスだ。

しかも今の俺には命が二つあるので、激闘になる相手と言うほどではない。

とはいえ、だ。

楽勝かと言われればそんなことはない。そこそこてこずりはするだろう。

「やれやれ……我がライバルながら情けない。しょうがない、我が始末してやろう。お前の母親にも頼まれているからな」

アングラウスが大きく息を吸い込み、そして吐き出す。

すさまじい勢いで猛火を。

それはボス部屋全体を地獄へと変える。

さらに言うなら、俺もおもっくそ燃やされた。

「ほれ、終わったぞ」

「……」

俺は死んでも問題ない。

どういうわけだか、衣服類も俺の不死身に含まれるため、燃えても再生される。

だが……

「ドロップの魔石と剣が駄目になったんだが？」

後スマホも。

「些細なことだ。気にするな」

「いや気にするわ」

エリクサーを買うためにお金が必要だっていうのに……

まあ、今回の稼ぎが飛んだぐらいならそう問題ないが、これから先も同じことをやられたのではたまったものではない。

「手を出すなとは言わないけど、せめて俺に被害がないように頼む」

「わかった。善処する」

善処とか、不安が残りまくるタイプの返事だ。

本当に大丈夫だろうな？

「それより悠。何かドロップしたようだぞ」

アングラウスに言われて気づく。

ボスのいた辺りに、金属製の盾が落ちていることに。

「おお、レアドロップか！」

ここのボスのレアドロップは、属性耐性付きの盾だ。

さっきアングラウスに燃やされたせいで数百万がパァになってしまったが、この盾を売ればお釣りが来る。ラッキーだ。

「じゃ、出るか」

ボス部屋の奥には小部屋があり、そこには脱出用のゲートがある。

盾を拾った俺はそれを使って外へ出た。

◇◇◇

ダンジョンの外に出た俺は、少し離れた場所にある攻略者協会支部へと向かう。

道中、気づいたらアングラウスがどこかに行ってしまっていたが、気にしないことにしておく。

気にしても、どうせ俺じゃどうにもできないから。

「ドロップ品の買取と、ランクアップの手続きをお願いします」

受付のショートヘアの女性にそう言って、ボスドロップの盾と攻略者証、それに自身の手の甲に浮かぶ紋章を、俺は提示する。

「その紋章……Eランクダンジョン『獣の巣』をクリアされたんですね。おめでとうございます。ひょっとしてこの盾は、ボスからのレアドロップということでしょうか？」

「ええ、そうなります」

「おお、ついてますねぇ。おめでとうございます」

受付の女性が八重歯を覗かせ笑う。

面と向かって祝福されるのは、なかなかに気恥ずかしいものだ。

「ありがとうございます」

「では、鑑定と登録をいたしますので。少々お待ちください」

「はい」

ボスドロップのエンチャントシールドは、基本的に属性耐性を備えている。のだが、どの属性に対する耐性かは、鑑定するまではわからない。

まあどの属性でも値段的にはそんなに変わらないので、俺としては別にどれでもいいわけだが
……自分で使うわけじゃないからな。

不死身だから基本防具とかいらないし。

「ボスのレアドロップとは、景気がいいじゃねぇか」

大柄な、人相の悪い男がカウンターに肘をかけ、横から俺を覗き込むような形で急に話しかけて

きた。

誰だこいつ？

「毒島のパーティーも、ついにEランクダンジョン踏破か。しかし……なんで囮役のてめぇが鑑定に持ってきてるんだ？」

相手はこちらのことを知っているようだった。

が、俺の方はさっぱりである。

何せ、一万年前の記憶だからな。出てこなくても仕方ない。

「おいおい、無視かよ。一応、元パーティーメンバーだろうが」

元パーティーメンバー？

「それともまさか、この俺様のことを忘れたなんて言わねぇだろうな？　この【剛腕《ごうわん》】滝口《たきぐち》様のことをよ」

「ああ……」

スキル【剛腕】持ち……か。

そういやいたな、毒島のパーティーに。

「あん？　本当に忘れてたのか？　さてはお前、毒島の野郎に殴られすぎて頭がおかしくなってるな」

なるわけがない。

俺は不死身のレジェンドスキルを持っているのだ。脳へのダメージだって一瞬で回復する。

「ただの度忘れだ」

「ふーん、まあいい。実はよう……」

滝口が両肘をカウンターにかける形で、背中を預けるようにもたれかかった。

その行動に、受付の女性が迷惑そうな視線を向けるが、奴はお構いなしだ。

「俺はもうじきレベル百だ」

滝口がドヤ顔をする。

レベル百が相当嬉《うれ》しいようだ。

ちなみに、レベルが百を超えると、攻略者としてはCランクとして登録されることになる。

「半年前までは四十だった俺が、今じゃCランクにリーチだぜ。万年レベル一の雑魚のてめぇにゃ、想像もできないだろうな。正にユニークスキル様様だぜ」

滝口は以前、毒島のパーティーに所属しており、パッとしない感じの底辺攻略者だった。

そんな彼の環境が一変したのは、ユニークスキル【剛腕】を獲得したからだ。

通常、ユニークスキルは覚醒時に習得するものである。

だが稀《まれ》に、覚醒時以外にも習得する者がいて、滝口もそのタイプだった。

ちなみに、ユニークスキル【剛腕】は腕の力を強化するスキルだ。

通常の筋力アップなんかと比べて腕力しか上がらないが、筋力アップ系が十%や二十%と控えめなのに対して、剛腕の倍率は三倍と、他のスキルとは一線を画していた。

なのでまあ結構強力なスキルと言っていいだろう。

強いスキルを手に入れた滝口は、中堅ギルドから引き抜きを受けて、毒島のパーティーを抜けている。

レベルの急上昇も、そこでいろいろと便宜を図ってもらった結果だろう。

「あ、そ」

果てしなくどうでもいいので、適当に返すと——

「おおっと……そういやお前は、レジェンドスキル持ちだったなぁ」

カウンターにもたれるのを止めた滝口が姿勢を起こし、馬鹿にしたような視線をこちらへと向ける。

不愛想な対応に腹でも立てたのだろう。

面倒くさい奴だ。

「で、そのレジェンドスキル持ちの顔悠様のレベルは、今いくつなんだ？」

「レベル一だ。用件はそれだけか？」

「はっはっは、レベル一だってよ！　聞いたかねーちゃん？」

滝口が受付の女性に話しかける。

「こいつ、レベル一でEランク申請してるんだぜ。毒島に寄生させてもらってランクアップなんかして、恥ずかしくねぇのか？」

「何を勘違いしてるんだ？　俺はもう毒島に雇われてないぞ。この証もドロップも、自分で取ってきたもんだ」

「はぁ？　自分で取ってきただと？　レベル一のお前がか？　笑わせんなよ」

「まあ信じようと信じまいと、構わないさ。で、用件はレベル自慢だけか？　お前と俺は、そんなに親しかった覚えはないんだが……こんなに絡んできて、真っ昼間から酒でも飲んで酔っ払ってるのか？」

「てめぇ……雑魚のくせに調子に乗んな！」

俺の言葉に表情を変えた滝口が、怒りに任せて俺の首を掴んでくる。

その瞬間、鈍い痛みと共に『ぼきり』と大きな音が響いた。

どうやら首を折られてしまったようだ。さすが剛腕である。

というか、こいつ正気か？

人目のある、しかも攻略者協会内部で人の首を折るとか。

俺じゃなかったら確実に死んでたし、俺は死ななかっただけで、こいつがこちらの首の骨を折ったという事実は消えない。

つまり、殺人未遂か、傷害罪の確定だ。

「ひぃぃ……人殺し」

目の前で人の首が折れるショッキングな様子を目の当たりにして、受付の女性が悲鳴を上げる。

「安心しな、姉ちゃん。こいつは不死身のレジェンドスキル持ちだ。この程度じゃ死にはしねぇよ」

「はな……せ……たきぐち……」

剛腕で首を掴まれたままなので、回復しても気道が塞《ふさ》がれ続けて上手くしゃべれなかった。

なんとか振りほどこうとライフストリームを発動させ、両腕で掴んでみるがビクともしない。

この感じだと、エクストリームバーストを発動させても純粋な腕力勝負では勝てそうにないな。

「大体、てめぇごときが俺にため口をきいてるんじゃねーよ！」

滝口が興奮して力を込めたせいか、俺の首がまたへし折れた。

このまま掴まれたままなのも不快なので、取りあえず腕力勝負以外で脱出するとする。

強いのは腕力だけだからな。

取りあえず、エクストリームバーストを使って命を爆発させ、俺はパワーを上げる。

股間でも蹴り飛ばして……いや、止めとこう。

そんな所を攻撃して、最悪死んだら過剰防衛、もしくは傷害致死で捕まる可能性がある。

普通なら正当防衛が成立しそうなものだが、俺の場合は不死身だからな。

どうなるかわからない。

なので、無駄なリスクを避けるためにも、攻撃は太ももにしておく。

太ももを膝で全力で蹴ると、骨の折れる感触が伝わってくる。

「があぁぁ……いでぇぇ……」

思ったより脆《もろ》い。

やっぱ股間にしなかったのは正解だった。

首を掴んでいた滝口の手が緩む。

首は二回折られているので、反対側の太ももも へし折ってやろうとしたが……

「悪いが、そのあたりで勘弁してもらえるかな？」

身長二メートル近くはあるであろう、白のスーツを身に着けた、巨体の見知らぬ男に肩を掴まれ止められてしまう。

「あんた誰だ？」

俺の質問に、男が少し驚いたような顔をする。

「私のことを知らないのか？　結構有名になったつもりだったんだが……まあいい。私は鳳英知《おおとりひでとも》。カイザーギルドの副マスターを務めている」

「……」

カイザーギルド……

日本には三大ギルドと呼ばれる、影響力の大きなギルドがあった。

その一つがカイザーギルドである。

そういや、鳳って名前の副マスターがいたっけか？

こいつがそうだとして、なんでそんな大物がこんな場所にいるんだ？

「彼は先日、うちのギルドでスカウトした新人でね。つまり、うちのメンバーということだ」

「なるほど。だからこいつの暴行を見逃せと？」

滝口が突発的にあんな凶行に出れたのも、でかいバックがあったためのようだ。

三大ギルドともなればその影響力も大きいので、ちょっとした傷害程度ならもみ消すことも可能なのだろう。

しかし解せない。

滝口は確かに、【剛腕】という優秀なユニークスキルを持っている。

だがその程度で、カイザーギルドが奴をスカウトするだろうか？

ひょっとしたら、何かまた追加で優秀なユニークスキルを覚醒したのかもしれないな。

「気を利かせてくれるなら、君にできる限りの誠意を用意させてもらうよ」

誠意、イコール金だろうな。

滝口の太ももをもう一本折って、大手に睨まれるのと、金をもらって引くのなら、どっちが得か考えるまでもないだろう。

なのでここは素直に引いておく。

「わかりました」

「話が早くて助かるよ。さあ、いつまでも座ってないで……立て、滝口」

カイザーギルドはスパルタのようだ。

太ももの骨が一本折れた滝口に、鳳は自分の足で立ち上がれと命令する。

「くそったれがぁ……かんばせ、てめぇ覚えてやがれ……」

片足でなんとか立ち上がった滝口が、俺を恨めし気に睨みつけてくる。

自業自得だろうに、逆恨みも甚《はなは》だしい。

「見苦しいぞ。お前は負けたんだ」

「うっく……すいません……」

鳳に注意され、滝口が怯《おび》える。

その姿を見て思い出す。そういやこんな奴だったな、と。

滝口はユニークスキル獲得前は、とにかく毒島にぺこぺこしていた。

だが剛腕を得た瞬間、その態度は急変する。傲岸不遜《ごうがんふそん》なものへと。

つまり、奴は自分より強い奴には媚《こ》びへつらい、弱い奴には横柄な態度をとる。

そういう奴ってことだ。

「君はうちに……いや、止めておこう。では、これで我々は失礼させてもらうよ」

金は？

と言いたいところだが、なんらかの手段で送ってくるだろう。

まあ仮に送られてこなかったとしても、大手と揉めるつもりはないから、寄越《よこ》せと言いに行きはしないが。

滝口は片足を引きずりつつ、そのくせ、何度も振り返って俺を睨みつけながら出ていく。

執念深い奴だ。

さっきの一件で、俺の方が強いとわかったはずなのに……いや、不意打ちでやられたとか考えてそうだな、あの様子だと。

つまり奴の中では、まだ俺は下と分類されているわけだ。

「まあいいか」

絡んできたら、また制圧するだけだ。

俺はEランク認定と、盾の売却益を受け取って支部を後にした。

ちなみに受付嬢は揉め事について、一言も言及してこなかった。

カイザーギルドが絡んでいるので、関わらない方がいいと判断したのだろう。

それを責めるつもりはない。

俺でもそうするだろうし。

無暗に大手を敵に回すのは、賢い選択とは言えないからな。

◇◇◇

協会を出た俺は、妹の入院している病院へとやってきていた。

「憂、聞いてくれよ。兄ちゃん、二日で五百万も稼いだんだぜ。すごいだろ。ランクもFからEに上がったんだぞ」

状態は安定しているが、相変わらず妹の意識は戻らないままだ。

回帰前は意識を取り戻すことなく、崩壊型ダンジョン発生に巻き込まれて命を落としてしまったが、今回はそうはさせない。

今度は必ず守ってみせる。

「もうちょっと辛抱してくれよ。兄ちゃんが、すぐにエリクサーを用意してやるからな」

俺は寝ている妹に、保険用の命を分け与えた。これで、一回だけなら死んでも大丈夫だ。

「じゃ、行くよ」

◇◇◇

とある山の山頂付近。

一匹の黒猫――魔竜アングラウスがそこにある亀裂に身を潜らせる。

「魔力の波動はこの辺りからだが……む、発生源はこれか」

亀裂の中を漁《あさ》っていたアングラウスが、黒い卵を咥《くわ》えて亀裂から出てくる。

そしてそれを地面に置き、クンクンと臭いを嗅ぎだす。

「ふむ……間違いない。この卵は異世界の物だな」

アングラウスは、それを異世界の物だと断定する。

「周囲には卵以外の魔力は感じない。ふむ、卵だけが異世界に来た理由……か。恐らく、奴らから子供だけでも守ろうとしたのだろう。そうでもなければ、卵が自力で世界の壁を越えてこれるわけもないからな。我のように神の眼に留まらなかったのは、生まれる前の虚弱な状態だったからだろうな」

アングラウスはその場で座り込み、考え込む。

だがそれはほんの数瞬の時だ。

すぐに考えがまとまったのか、彼女は立ち上がり――

「これの親は、世界の壁を穿《うが》つ力を持っていた。そしてこの卵も、虚空《こくう》を耐え抜いてみせた。ならばこの卵から生まれてくるのは、それ相応の力を有した種のはず。救って戦力にするのが正解だな。まあ命が尽きかけているが、そこは悠に対処させればいいだろう」

――その卵を口に咥える。

そしてそのまま亀裂からするりと抜け出すと、空高く跳躍する。

その向かう先はもちろん、顔悠の元である。

◇◇◇

病院を出て家に帰る途中、人通りの少ない場所で、どこかに行っていたアングラウスが戻ってきた。

その口元には、謎の黒い卵が咥えられている。

なんだ？　鳥の巣でも襲ってきたのか？

いや、黒いし違うか。

まさかアングラウスの卵とか？

「どこ行ってたんだ？」

アングラウスが卵を上に向かって放り投げると、奴は頭の上でそれを綺麗《きれい》にキャッチしてみせた。

意外と器用な奴である。

「この卵を拾ってきたのだ。恐らくだが、これは役に立つぞ」

「拾ってきた？」

卵が役に立つ？

言っている意味がわからない。

取りあえず、拾ってきたと言っているので、こいつの生んだ卵の線は消える。

「腑《ふ》に落ちないという顔だな。まあ、この卵が孵《かえ》ればわかるだろう」

孵ればわかる……か。いったい何が生まれてくるのやら。

「ただこの卵は死にかけているから、このままだと孵化《ふか》できん。悠の命を一つこいつにくれてやってくれ。できるんだろう？　お前の母親に分けてやったように……な」

アングラウスが口の端を歪めて笑う。

どうやら母さんの命が二つある理由が、俺が何かしたためだということに気づいているようだ。

「まあ確かに、命を分けてやることはできるけど……」

隠すほどでもないので、ここは素直に認めておく。

変な嘘をついて、こいつの機嫌を損ねるのも馬鹿らしいからな。

「その卵、危ない奴が生まれてきたりしないだろうな？」

「それは生まれてきてからのお楽しみだ。まあ手に負えないようなら、最悪我が始末するから安心しろ」

命を分け与えさせておきながら、手に負えなければ始末するとか、勝手な話もあったものである。

ま、強大な力を持つ竜だからな、こいつは。自分勝手なのは当たり前か。

「わかったよ。けど、少し時間がかかるぞ」

予備の命は、すでに母さんと妹に渡してしまっている。

なので、追加を新しく用意する必要があった。

「ふむ、この卵はいつ生命力が枯渇してもおかしくない状態だ。できるだけ早めに頼むぞ」

「わかった。できるだけ急ぐよ。取りあえず家に戻ろう」

家に帰り、俺は裂命を使って命を増やす。

一個増やすだけなら、それほど時間はかからない。

命を増やした俺は――

「ちゃんと責任は取ってくれよ」

「もちろんだ。安心しろ」

アングラウスにもう一度確認してから、卵に命を注入した。

さて、何が生まれてくるのやら。

◇◇◇

「母さん、今日は帰りが遅いみたいだな」

夕刻。用意されていた食事を取り、俺はシャワーを浴びる。

俺の稼ぎはこれから右肩上がりに爆増していくので、もう母さんが無理して働く必要はなかった。

とはいえ、じゃあ明日から仕事を辞めますというわけにもいかない。

いくらなんでもそれは無責任すぎるし、母さんはそんな真似をするような人間じゃないからな。

着替えて自分の部屋へと戻ると、ベッドの上にはアングラウスが寝そべっており、その脇には例の卵が置かれていた。

「お前タブレットなんか扱え……って、あれ？　そういやうちにタブレットなんかないぞ？」

ベッドに寝転んでいたアングラウスは、その前足で器用にタブレットを弄《いじ》っていた。

だが、我が家にそんな物はない。

こいつはいったいどこからそんな物を持ってきたんだろうか？

「これは我のマジックアイテムだ」

「マジックアイテムってことは、ダンジョンでも回線が繋がるタイプのアレか」

ダンジョン内では、ネット回線は繋がらない。

だが、タブレット型のマジックアイテムだけは別だ。

どういう原理かは知らないが、本来回線の繋がらないダンジョン内でもネットに繋ぐことができ、普通のタブレットとして扱うことができた。

「あそこは退屈な場所だったからな。これを使って人間たちの世界の様子を見ていたのだ」

「ダンジョン最下層でも回線が繋がってたのか？」

俺もエターナルダンジョン内でタブレットを手に入れていたが、ある程度進んだ所で効果の範囲外になってしまい、繋がらなくなってしまっていた。

最下層でも繋がっていたということは、どうやらアングラウスの使っている物は、俺が持っていた奴より高性能なようだ。

……でもこいつって、水晶の中にいたよな？

どうやってタブレットを……って、まあいいか。そういう細かいことは。

「ああ、でなければ退屈しのぎにはならんだろ？　とはいえ、外の様子を知れたのは……まあそれはいいだろう」

アングラウスがなんだか歯切れの悪い物言いをする。

こいつは謎が多いので少し気になったが、聞いても答えてはくれないだろう。

素直に教えてくれるのなら、そもそも濁したりしないはず。

「で？　何を見てるんだ？」

「攻略者ランキングというものだ」

攻略者ランキング。

攻略者協会が公表している、世界中の攻略者の強さを総合的に判断したランキングだ。

中には、国の方針なんかで能力が秘匿《ひとく》されていたりもするらしいので、必ずしもこれが絶対の強さの指標ではないが、まあこのランキングに入ってるような奴は、基本的に強いと思って間違いないだろう。

今日会ったカイザーギルドの鳳なんかも、確かランキング百位以内に入っているSランクの攻略者だったはず。

「そんなものを見てどうするんだ？」

「なに、面白い奴がいないかと思ってな」

「面白い奴ねぇ……まさか目星をつけた奴の所に、喧嘩を売りに行くつもりじゃないだろうな？」

「くく……ここに載っているような者たちでは、我の相手にはならんよ。少なくとも、我と同レベルか、お前のような理不尽な能力を持つ者でなければ話にならん」

「まあそうだろうな」

Extraランクであるエターナルダンジョンのボス、アングラウスのレベルは一万だ。

それに対して、現在の攻略者の最高レベルは四千台と言われている。

なので、アングラウスに勝てるどころか、まともに戦える奴すらまずいないだろう。

「我は弱者をいたぶる趣味はないのでな」

どうやら、戦う相手を見繕うために見ていたわけではないようだ。

「そうか。それで、卵は生まれそうか？」

「我が魔力を注いでいるからな。じきに生まれてくるだろう」

アングラウスが片手で卵をペシペシと叩く。扱いが雑だ。

わざわざ人に命まで入れさせておいて、誤って割るのは勘弁してくれよ。

「なあ悠よ。一つ聞きたいのだが……」

「ん？　なんだ？」

「このランキング二位の女。十文字昴《じゅうもんじすばる》は、ひょっとしてお前の力で救ってやれるんじゃないか？」

「ランキング二位？　ああ、売店か……」

売店というのは、十文字の二つ名……というか愛称である。

世界ランク二位の人物につけるにしてはふざけた呼称ではあるが、これは彼女の配信チャンネルからくるものだった。

さらに言うなら、このチャンネル名は十文字の持つスキルに由来している。

十文字昴の持つ代表的なスキル。

それはレジェンドスキル【十倍《じゅうばい》】だ。

◇◇◇

――レジェンドスキル【十倍】。

その効果は文字通り、所持者の能力を十倍にするというものである。

しかもそれはステータスだけではなく、レベルアップ速度、訓練などの成長速度及び学習能力も含まれていた。

全てが十倍になるその効果は圧倒的であり、ネットなどでよくある最強スキル議論では、反論の余地が出ないほどだ。

現段階でレベル的にランクSの十文字が、SSランク以上の攻略者を押しのけ世界ランク二位にいるのも、このスキルのおかげと言っていい。

だがレジェンドスキルである以上、このスキルにも当然デメリットが存在していた。


――それは、寿命が十分の一になるというものである。


そのため、十六歳で覚醒してこのスキルを手に入れた十文字は、二十代半ばまでしか生きられないと言われていた。

実際、回帰前は、俺がエターナルダンジョン内でタブレットを手に入れた時点で、彼女は亡くなっていたしな。

爆速で強くなれる代わりに、極端に寿命が短い十文字。

そして永遠に生きられるが、レベルアップが一切できない俺。

こうやって比較してみると、ある意味俺と彼女は対極的な存在と言えるな。

「それは無理だな」

アングラウスの、十文字を救えるんじゃないかという問いに俺はノーと答える。

「寿命で死ぬ人間に命のストックを渡しても、入れ替わった瞬間また寿命で死ぬだけだ」

病気や怪我なんかによる肉体のダメージは、命が切り替わった際に回復される。

けど、寿命による肉体の劣化からくる機能停止は、さすがに回復できない。

もしそれができたなら、俺は他人の寿命をいくらでも延ばせることになってしまう。

残念ながら、命の補充はそこまで万能ではないのだ。

「なるほど。だが試してみる価値はあるんじゃないか？」

「いやないだろ。寿命は延ばせないんだよ」

「まあ普通ならそうだろうな。だが、この娘の寿命は肉体の老化ではなくスキルによるものだ。なら命を交換できれば、寿命を延長することは可能なんじゃないか？」

「……まあ確かに。スキルによる寿命の減少が肉体じゃなく、生命力を削るようなものなら可能か」

「では、決まりだな」

「いや、決まりって言われてもなぁ……」

若くして死が確定するのは可哀想《かわいそう》だとは思う。

なので、助けられるなら助けてやりたい。

とはいえ、俺は十文字のことをネットで見た内容くらいしか知らないのだ。

「知り合いでもなんでもないいんだぜ？　いきなり接触して、貴方の寿命をなんとかしますって言っても、宗教の勧誘よろしく追い払われるのが関の山だ」

命が懸かってるんなら、話ぐらい聞いてくれるんじゃ？

その手の弱みに付け込むインチキってのは、世に溢れてるものだ。

特に十文字は有名人なので、すでに腐るほどその類は持ち込まれているはず。

そんな状況で、協会のデータベースから確認できない特殊な技術を信じろと言ったところで、門前払いされるのは目に見えている。

「力ずくで行けば良かろう」

「無茶言うな」

回帰前ならともかく、滝口の三倍腕力ごとき振り払えなかった今の俺に、十文字の相手など務まるわけがない。

戦ったら手も足も出ずに蹂躙されるだけだ。

まあ仮に制圧できるだけの力があったとしても、無理やりってのは論外だがな。

犯罪だという点を除いても、それとは別に駄目な理由がある。

「まあなんにせよ、無理やりってのは不可能だ。体内の魔力が邪魔するからな。だから攻略者相手に命を入れようと思ったら、相手の同意がないとできない」

俺がこれまで命を移したのは三回。

最初の母さんはそもそも覚醒していないし、妹は覚醒不全状態で弱っていた。

謎の卵も魔力を持ってはいたが、生まれる前の無防備な状態だ。

そういう相手だったから、なんの問題もなく命を付与することができたのである。

これがもし普通の攻略者なら、体内の魔力が異物として侵入を弾《はじ》いていたはずだ。

「ほう、そんな制限があるのか」

「ああ。まあ低レベルな攻略者なら、無理やり押し込むこともできるかもしれないけど……さすがに高レベルの十文字相手に、無理やり命を入れるってのはできない」

「案外面倒くさいな」

「万能ってわけにはいかないさ」

まあそれでも、魔力を持たない相手や、合意を得た人に命を付加できるのは大きい。

一度なら死んでも生き返れるってのは、大きな保険になるからな。

「ふむ……では、力ずく以外で相手に信用させる必要があるわけか」

アングラウスは十文字を救うことを諦めていないようだ。

「なあ……なんで魔竜のお前が、そこまでして十文字を救おうとするんだ？」

奴からすれば、人間の生き死になんてどうでもいいことのはず。

なのになぜそこまでこだわるのか、それが理解できない。

「なに、この娘は将来性がありそうだからな。いずれ我を楽しませるほどの攻略者に育つかもしれんだろ？」

『へへ、我ワクワクすっぞ』とか言い出しそうな、某戦闘種族的な答えだ。

まあ俺が強くなるのをいちいち待ってるくらいだし、実際それに近い思考なのだろう。

「物好きなこった。まあ名案を思いついたら教えてくれ。ああ、ただ……時間がかかるようなものなら、暫くは後回しにするぞ。俺には優先することがあるからな」

俺の最優先目標は、妹のためのエリクサーを手に入れることだ。

それに支障が出ては話にならない。

「いいだろう。む……生まれそうだな」

黒い卵へと視線をやると、小刻みに震えていた。

どうやら中から殻を割ろうとしているようだ。

いったい何が生まれてくるのだろうか？

見ていると、卵の殻に罅が入った。

それは揺れに合わせて少しずつ広がっていき、やがて『ベキリ』という音と共に、大きく一部が欠け落ちる。

そしてその中から――


「ぷはー！　シャバの空気はうまかぁ!!」

甲高い声で、おっさんくさい言葉を話す小さな黄色のヒヨコが出てきた。

喋るヒヨコ？

どう考えても普通のヒヨコじゃないよな？

まあアングラウスが持ってきたぐらいだし、当たり前ではあるか。

「ぬ……」

卵から飛び出した後、小さな羽をゆっくり前後させ深呼吸していたヒヨコが、俺に気づいて口を開く。

「問おう！　ヌシがワシのマスターか！」

「……」

急にマスターかと問われても困るんだが？

そもそも、拾ってきたのは俺じゃないし。

そう思ってアングラウスの方に視線をやると……

「うむ。その男の名は顔悠。お前のマスターだ」

飼育を押し付けられた。

犬猫を拾うだけ拾って、親に全てを押し付ける子供みたいな真似しやがる。

「やはりそうか！　ヌシからは並々ならぬ覇気を感じたのでな。絶対そうだと思ったぞ。これからよろしく頼む」

俺から覇気、ねぇ。

そういうのが感じられる能力があるなら、まず真っ先にアングラウスに感じるはず。

桁違いの化け物だし。

取りあえず、このヒヨコが適当なことをほざくタイプだということはわかった。

「えーっと……一つ聞いていいか？」

「なんぞな」

「お前はいったい、なんなんだ？」

一番気になる部分をダイレクトに聞いてみる。

見た目は、左目部分に傷跡のある隻眼《せきがん》のヒヨコだが、人語を解している時点で普通の生物でないのは明らかだ。

「ふふふ……マスターは、どうやらワシのことが気になってしょうがないらしいな！」

ヒヨコが誇らしげに胸を張る。

なんだか鼻につく言い方だが、まあ気になるのは事実だ。

「では語ろうではないか！　ワシは……」

ヒヨコが小さな翼を勢いよく広げた……のだが、その状態で固まってしまう。

そして少ししてから、可愛らしく小首を傾《かし》げて口を開いた。

「マスター、ワシってなんじゃろ？」

「いや、俺に聞かれても困るんだが」

どうやら、このヒヨコは自分のことがわかっていないようだ。

というか、だったらさっきのマスター云々《うんぬん》の流れはなんだったんだ？

自分のこともわかってないのに、主の確認するとか意味がわからん。

「生まれたばかりの子供なのだから、自分のことを知らないのも仕方がないんじゃないか？」

「まあ、そうだな……」

言動がしっかりしていたので勘違いしてしまったが、冷静に考えればアングラウスの言う通りだ。

生まれたての赤ん坊が、自分のことを正確に把握できているわけもない。

「ワシはどうやら、ミステリアスな星の下生まれてきたようじゃな！」

方言っぽい喋り方のせいでミステリアス感ゼロではあるが、まあ確かに謎な存在ではある。

「取りあえず……日本語が話せる以上、ただのヒヨコではないんだよな？」

俺はアングラウスに尋ねる。

「我が持ってきた物が、ただの鶏の卵のわけもなかろう？　まあだが、言語に関しては特殊な通訳系の魔法をかけられているためだ。恐らく、子供が環境に順応しやすいよう親がかけておいたのだろう」

「なるほど……つまりこのヒヨコは魔法が使えるわけか」

こいつの親が魔法を使えるってことは、その子供であるこいつも魔法を使える可能性は高い。

「ダディとマミィがワシのために……感動じゃ！」

ヒヨコが右の羽を額の辺りに持ち上げ、敬礼のようなポーズをとる。

その動きになんの意味があるのかは不明だが、まあこの際不明なままにしておこう。

取りあえず、このヒヨコに対する俺の評価は……馬鹿っぽいが危険性は皆無、である。

もちろん、大きくなるにつれて凶暴になっていかないという保証はないが、少なくとも、今すぐ危険を心配する必要はなさそうだ。

「あと、ちょっと気になったんだけど……左目のは傷だよな？」

ヒヨコは左目の辺りに傷があり、目を瞑《つむ》っている状態だ。

俺はそれがさっきから気になっていた。

傷はそういうデザインで、元から単眼という可能性も考えたが、左右対称っぽい右目の位置と瞼《まぶた》から、潰れていると考えた方が自然に思える。

「なんで生まれてすぐだってのに、そんなデカい傷があるんだ？」

ちなみに血は出ていないので、卵を内側から破る際に負った傷とかではないはず。

「左目の傷じゃと⁉」

ヒヨコが自分の顔の左側を、羽でなぞる。

どうやら気づいていなかったようだ。

「何か見えにくいと思ったら！　まさかの左目の傷‼」

ヒヨコが両羽を高々と掲げたかと思うと――

「傷は男の勲章じゃい！」

そう声高々に宣言する。

「……」

どこかで聞いたことのあるカッコイイ言葉だ。

だがそれは、勇敢に負傷を恐れず戦った証だから勲章なのであって……生まれつきの傷は勲章でもなんでもないと思うんだが？

「それは傷ではないぞ。そう見えるだけで封印だ」

どうやら傷ではなかったようだ。

だが、アングラウスの否定の言葉を――

「傷は男の勲章じゃい！」

ヒヨコは無視して謎の主張を続ける。

何がいったい彼を駆り立てるのか？

しかし封印か。

片目が封印とか、完全にリアル厨二《ちゅうに》だな。

これで疼《うず》くとか言い出したら完璧である。

「傷は男の勲章じゃい！」

三度ヒヨコが吠《ほ》える。が――


「ちなみに、こいつは雌《めす》だ」

そもそも雄《おす》ですらなかった。


「封印は女の勲章じゃい！」

さすがに、自身が雌であるという衝撃の事実はスルーできなかったのか、傷の部分と合わせてヒヨコは言葉を修正する。

ここまで執着するってことは、勲章のフレーズが相当気に入っているのだろう。

「封印は女の勲章じゃい！」

「で、ヒヨコの左目には何が封印されてるんだ？」

俺は奇行に走るヒヨコは無視して、封印のことをアングラウスに尋ねた。

「それは我にもわからん。だが、相当な力が籠《こも》っているのは確かだ。恐らく、生まれたばかりの子供では持てあますと判断し、親が封印したのだろう」

「不明か……やばい能力じゃないだろうな？」

アングラウスが相当と言うくらいだ。かなり強い力と考えて間違いないだろう。

もし見たものを無差別に燃やすとかだったら、結構シャレにならないことになるんだが……

「解けて危険なものなら、我が再封印してやるから安心しろ」

「ああ、まあその方向で頼む」

なんでアングラウスが持ってきた卵のことで、俺が頼む側になってるんだって気もしなくもないが、細かいことは気にしないことにする。

「それで？　封印はともかくとして、こいつにはどういう能力があるんだ？」

封印を見抜いたアングラウスなら、どういった能力を持っているか見抜けるんじゃないかと思い尋ねてみる。

「ワシには無限の可能性がある！」

勲章ごっこは飽きたのか、ヒヨコが会話に交ざってきた。

「その一端をその目に焼きつけるがよい！　モードチェンジ！　ファイヤーバード!!」

ヒヨコが叫んだ瞬間、その羽の先端ほんの数ミリが火に変わる。

が、それ以外の変化は特に見られない。

ファイヤーバードという名称にしては、かなりショボい変化だ。

「ふふふ、その期待の眼差《まなざ》し。むろん！　これで終わりではなか！　ワシのファイヤーバードの力をさらに見せてやるバイ！」

別に期待は一切していないが、どうやら手羽先にマッチ以下の火が灯《とも》るだけではないようだ。

にしても……かけられている翻訳魔法のせいだろうが、ちょいちょい変な方言がヒヨコの言葉に交ざっていて、微妙に不快に感じてしまう。

まあそのうち慣れるだろうとは思うが。

「ファイヤーウィング！」

ヒヨコがその短い羽を羽ばたかせる。するとその体がほんの僅《わず》かに浮かび上がった。

「ファイヤーウィング！」

体はさらに上昇していく。

少しずつ。本当に少しずつだが。

「ファイヤーウィング！　ファイヤーウィング！　ファイヤーウィングゥ！　……ファイヤー……ウィングゥ……ファイ……はぁはぁ……うぐぅ……ウイン……ぶげ」

だが、ヒヨコの体は十センチほど浮いた所で毛先の火が消え、そのまま墜落してしまった。

よほど体力を消耗したのだろう。ヒヨコは息も絶え絶えといった感じで、ベッドの上で荒く呼吸していた。

「想像以上にショボいな」

「まあ生まれたてだから、そんなものだろう。それに、このヒヨコの真価は別にある」

「真価が別にある？」

「能力を深く確認してみたが、どうもこいつは他者と融合する能力があるようだ」

アングラウスには、他者の力を見抜く鑑定能力があるようだ。

「へぇ……」

融合か。

ゲーム的な感覚で考えるなら、融合するとパワーアップってイメージがある。

当然、融合しても分離できるのが前提なわけだが……こいつの場合はどうなのだろうか？

くっ付いたままとかだったら、絶対御免こうむるぞ。

「安心しろ。分離は可能だ」

俺の表情から考えを察したのか、アングラウスが分離可能だと教えてくれる。

「なら、純粋にパワーアップだけができる、お得なブースターって感じで使えるわけか」

パワーアップの仕方次第では、相当な活躍が期待できる能力だ。

封印された力が気になりはするが、こいつはかなりの掘り出し物なのかもしれない。

「試しに融合してみてはどうだ？　ちなみに融合方法は……ヒヨコのキスだ」

「きすぅ？」

お馬鹿全開のヒヨコとキスする姿を想像して、俺は眉根を顰《ひそ》める。

なんかすごく嫌なのだが。

「くく……その顔、勘違いしているようだな。別に口同士でする必要はない。キスは頬でも手足でも構わないぞ」

「ああ、要は嘴《くちばし》でつっつくみたいな感じか」

まあそれなら問題ないな。

「おい」

ベッドで寝転ぶヒヨコの頭を人差し指で軽くつつくと、ゆっくりと起き上がってきた。

「マスター、今のはもしや……もしやワシへ求愛行動!?　ワシはなんと罪作りな雌なんじゃあ!!」

「うん、全然違う」

お馬鹿な発言にイラっとして思わず握りつぶしたくなるが、ぐっと堪える。

所詮は子供の戯言《たわごと》だ。

「融合の能力があるんだろ？　それを使ってみてくれないか」

「ふむ。確かにワシにはそういう類の能力があるみたいじゃが……ちとその呼び名はダサいのう。よし！　決めた!!　ワシはこの能力をミラクルドッキングと名付ける！」

「そうか……」

その名前は絶対アレだとは思ったが、ヒヨコ自身の能力なので、俺が口を出す問題ではないと発言を控えておく。

「ではマスター！　ミラクルドッキングじゃい！」

　ヒヨコが俺の指先を、その嘴で勢いよくつついた。

　その瞬間、ヒヨコの体が光となり、俺の体に吸い込まれる形で消える。

『これぞ！　ミラクルドッキングじゃい！』

　脳内でヒヨコの声が響いた。

　どうやら融合は完了したようだが……

「見た目に変化はないな」

　部屋にある姿見に視線を向けるが、俺の見た目に変化はなかった。

　軽く体を動かしてみるが、身体能力にも全く差異は感じられない。

「融合しても、何も変化が感じられないんだが？」

　強いて言うなら頭の中で『融合ではない！　ミラクルドッキングじゃい！』というヒヨコの騒音が響くという、迷惑な変化だけだ。

「どうやら効果は、融合した相手にそのヒヨコの能力が加わる感じのようだな」

「ゴミじゃねぇか」

　そりゃまともに飛べもしないヒヨコ一匹分強くなっただけじゃ、その差異を感じられるわけもない。

　まあ成長して、さらに左目の封印が解ければ話は変わってくるのかもしれないが、少なくとも今のところはなんの価値もないゴミ……ん？

その時気づく。自分の体の中の変化を。

それは表層的なものではなく、根幹的なもの。

命。そう、俺の命が一つ増えていたのだ。

「これは……」

自分の中に感じる三つ目の命。

どうやら、融合したヒヨコの命は俺の命と合算されるみたいだ。

それもただあるだけではなく、完全に俺の命と連動しているようだった。

「命が増えているようだな」

アングラウスも気づいたようである。

「ああ、それに」

俺はライフストリームを発動させる。

「ライフストリームもきちんと発動する。それもヒヨコの命も含めて」

『ふおおお！　体に力がみなぎってくる！　これがワシの真の力か‼』

お前のじゃなくて俺の力なんだが……いやまあ、ヒヨコの命も燃やしてるからこいつの力と言えなくもないか。

「それに寿命も減ってない」

ライフストリームは、命を燃焼させて身体能力を上げる技だ。

使えば、当然その分の寿命が縮む。

だが、俺の中にあるヒヨコの命の輝きには全く変化がなかった。

つまり融合しているヒヨコにも、俺のレジェンドスキル【不老不死】の効果が及んでいるということだ。

俺は続いてエクストラバーストを発動させる。

『キタキタキタァ！　今のワシは神すら超える!!』

もちろん超えない。

神どころか、目の前のアングラウスにもデコピン一発で吹き飛ばされかねないレベルだ。

「痛みは感じてなさそうだな」

エクストラバーストは命を爆発させ、限界を超えた力を発揮する技だ。

普通の人間が使えばあっという間に命が尽きるし、体に無茶な負担をかけるのでかなりの痛みも伴う。

まあ今は三つなので、命が十二個あった頃に比べれば全然大したことはないのだが、それでも生まれたばかりのヒヨコが無視して元気いっぱい叫べるようなものではない。

なので、痛みは感じてないと考えていいだろう。

「ま、一応念のため……」

左手の人差し指を右手で掴み、俺は自分の指をへし折る。

焼けるような鋭い痛みが走ったわけだが――

『なんぞ!?　自らの力に溺れてしまったんかいね!?』

ヒヨコの声に痛みを感じている様子はなかった。

これで確定だ。

わざわざ指を折って強い痛みを発生させなくても、聞けば良かっただけじゃないか？

このヒヨコはいまいち会話が成立しないからな。聞くよりこの方が早い。

不老不死だから、折った指も一瞬で治るし。

取りあえず、発動している技を止める。

『なんじゃい、もうボーナスタイムは終わりかいね。つまらん！』

「いい拾い物をしたようだな。上手く使うといい」

「ああ。けどいいのか？　こいつがいたら、俺は以前より強くなってしまうぞ？」

アングラウスの目的は、万全の状態である俺にリベンジすることである。

だが、奴は命が十二個しかなかった回帰前ですら俺に負けているのだ。

そこに十三個目の命が加われば、その差はさらに広がることになるだろう。

「前より強くなれば自分が勝つと？　くくく……お前は二つほど大きな勘違いをしているぞ」

「勘違い？」

「一つ目は場所だ。あの狭い空間では、我は本来の力を発揮できなかった。折角翼が生えていても、あそこでは自由に飛び回ることができんかったからな」

エターナルダンジョン最下層。そこは神殿のような形状をしていた。

俺の目から見れば、馬鹿デカイ巨人のために用意されたかのような建物ではあったが、確かに、巨体のアングラウスが飛び回れるほどではなかった。

もしあの時、奴が自由に空を飛び回れていたなら、相当厄介だったはず。

「それともう一つ。我の種は人間に比べて遥かに長寿ではあるが……不老というわけではない点だ。短い者なら、一万年と生きられない」

「それって……」

俺がエターナルダンジョン攻略にかけた時間は一万年だ。

そしてアングラウスはその間、ずっと最下層のボスとして存在していた。

「そうだ。お前は寿命で死にかけの婆《ばば》を、ぶち殺しただけというわけだ」

アングラウスが口の端を歪めて笑う。

「そして今は一万年たっていない。この意味、わかるな?」

「今なら、本来の力を発揮できるってわけか……」

「そういうことだ」

俺が元の力を取り戻したら、リベンジマッチの結果は同じになる。

にもかかわらず、わざわざ奴が自信満々に待つと言ったのは、以前戦った時よりも、今の方がずっと強いからだったわけか。

「……」

けど……

アングラウスは知らないだろうが、同時に扱える命の数は、増えれば増えるほど一つあたりの出力が増えていく。

師匠曰《いわ》く、『命の共鳴によって増幅される』からだそうだ。

そのため、たった一つでも命が増えれば、俺のパワーは大幅に上がることになる。

なのでアングラウスが以前の倍以上強いとかでもない限り、十三個目の命を得た俺の方が有利なはずだ。

まあもちろん、それをわざわざ奴に教えてやるつもりはないが。

『ぐぅー、すぴぴぴぴー』

「ん？　なんだ？」

頭の中で間抜けな音が響く。

一瞬なんの音かと思ったが――

『ぐぃー、ぷひゅぅぅぅぅ』

俺は、それがすぐにヒヨコの寝息だということに気づいた。

どうやらヒヨコは寝てしまったようだ。

「融合したまま寝るとか、どういう神経してるんだ？　こいつ」

普通あり得ないだろ。フリーダムにもほどがある。

『くぴぃー』

寝息が断続的に続く。

当然だが、俺は融合の解き方など知らないので、体から追い出す術を持たない。

取りあえず起こそう。

そう思って大声を出してみるが。

「おい寝るな！　起きろ！　寝たいなら分離してからにしろ!!」

反応は返ってこない。

起きるまで続けたいところだが、あんまり大声を出し続けるとご近所迷惑になってしまう。

しかも痛みを感じていないので、体を叩くなどして起こすこともできなかった。

どうやら、自然に目を覚ますのを待つしかないようだ。

「はぁ……こいつが起きるまで、ずっとこの間抜けなBGMを聞き続けなけりゃならないのかよ」

ものすごく扱いづらい生き物である。

まあもちろん、その有用さを考えれば、誤差と言えるデメリットでしかないが。

『女の封印は勲章じゃぃ！　スピィー……』

俺の頭の中に、ヒヨコの寝言が響く。

◇◇◇

「ふぉおおぉぉぉぉ！！」

翌朝。母さんが用意してくれた朝食を取ろうとすると、雄叫びと共に目覚めたヒヨコが俺の体から飛び出し、テーブルの上に着地する。

どれだけ声をかけても起きなかったくせに、飯の匂いで目を覚ますとか現金な奴だ。

「あら、その子が言ってたヒヨコちゃんね」

当然、母さんには事前に話してある。

急にこんなのと遭遇したら、面食らってしまうからな。

「初めまして、ぴよ丸《まる》ちゃん」

ついでに言うなら、名前も考えておいた。

ピータンにするか迷ったが、さすがに食べ物の名前はどうかということで、ぴよ丸に決定している。

「それ！　それをくれ！　ファイヤーバード!!」

ぴよ丸は母さんの挨拶《あいさつ》など無視して、毛先を炎に変え、飛び上がろうと必死に羽ばたく。

その視線の先にあるのは、サラダ用に蓋《ふた》を開けた俺の手にあるマヨネーズだ。

「マヨネーズが欲しいのか？」

「ファイヤーバード！　ファイヤーバード！」

問いには答えず、目を血走らせたぴよ丸が狂ったように羽ばたき、俺の手の中にあるマヨネーズに向かって突き進む。超が付くほどスローモーションで。

……どんだけ必死なんだよ。

「ファイヤーバード！　ファイヤーバードォ!!」

「昨日より飛べるようになってるな」

昨日は十センチ浮くのが限界だったが、今日はもうその倍近く飛んでいる。

昨日の今日で大したもんだと思いつつ、俺はその首根っこを掴んでテーブルの上に置いた。

「ちゃんとやるから落ち着け」

また飛び上がろうとするぴよ丸を手で押さえ、母さんが取ってくれた小皿にマヨネーズを入れ、目の前に置いてやる。

「ほぎゃぎゃぎゃぎゃぎゃぎゃぎゃぎゃ！」

手を離した瞬間、ぴよ丸が狂ったように頭を前後させて嘴でマヨネーズを啄《ついば》みだす。

だが嘴では上手く食べられないせいか、周囲に激しく飛沫《ひまつ》が飛び散ってしまう。

……きったねぇなぁ、まったく。

「足りん！　足りんぞぉぉ！　マスター！　その白くてドロリとした物をワシに‼」

全部食い終わった（まあ半分ぐらいは周囲に飛ばしただけだが）ぴよ丸が、俺におかわりを求めてきた。

「いや……マヨネーズとか食べまくるのは絶対アレだから、それだけで我慢しろ。他にも食べ物はあるから」

どういう食性かは知らないが、マヨネーズだけ食いまくるとか絶対健康に良くないはず。

俺が育てる以上、不健康にするようないい加減な真似をするつもりはない。

「ワシはそれがいいんじゃあ！　それじゃなきゃ嫌じゃ嫌じゃ嫌じゃ‼」

ぴよ丸がテーブルの上で横になって、羽や足をじたばたさせて暴れだす。

小さな子供かよ、お前は。

いやまあ、生まれたばかりだから、子供どころか赤ん坊なわけではあるが。

お馬鹿な喋り方のせいで、どうもそう思えなくて困る。

「やればいい。仮に体調に問題が出ても、悠と融合すれば回復するだろう」

焼き魚を食っているアングラウスが、煩わしそうにそう言ってくる。

どうやら、食事中にギャーギャー喚《わめ》かれるのが不快なようだ。

まあ、その状態が楽しい奴なんていないだろうが。

「まあ、確かにそうだな……」

融合できる以上、俺のスキルの影響でぴよ丸の体調が万全に保たれる可能性は高い。

命がそうだったわけだし。

なら、好きな物を食わせても問題ないか。

「ほれ、やるから喚くな」

「とぅっ！」

再び小皿にマヨネーズを出そうとすると、ぴよ丸の奴が容器の先端に飛びつき、その嘴で噴出口を咥えてしまう。

どうやらダイレクトで寄越せと言いたいようだ、この馬鹿鳥は。

「バッチいことすんなよ。俺や母さんも使うんだぞ」

「私たちは新しいのを使えばいいじゃない。普通に食べたら周りが汚れちゃうし、そのままぴよ丸ちゃんに飲ませてあげなさい」

「……まあそうだね」

俺は空いてる手でぴよ丸を包むように持ち上げ、容器を握って中身を絞り出してやる。

あんまり一気にやると気管に入ったりするかもしれないので、できるだけゆっくりと。

「んまんまんまんまんまんまんま」

「ふふふ、まるで赤ちゃんにミルクをあげてるみたいね」

母さんが楽しそうに微笑《ほほえ》む。

まあ確かに、絵面的にはそんな感じなんだろう。

ただし、飲ませているのはミルクなんて優しい物とはほど遠い、マヨネーズなわけだが。

「んまんまんまんまんまんま」

◇◇◇

朝食を終えた俺は、Dランクダンジョンへと向かう。

ぴよ丸を連れて。

「ワシの名前はぴよ丸じゃーい！」

用意を済ませて出かけようとしたら、ぴよ丸が玄関先で自分の名前を意味もなく吠えた。

どうやら、お気に入りのようである。

最初名前を告げた時、もっと格好のいい名前がいいとか喚いていたわけだが……アングラウスが、

『それは古代竜語で覇王という意味だ』と言うと、その嘘を真に受けてぴよ丸はコロッと掌《てのひら》を返した。

チョロい奴である。

「はいはい、わかったからさっさと融合してくれ」

基本的に外では融合状態でいく。

うるさく喋るこいつを連れて歩くのは、いろいろと問題があるからな。

「融合ではなく、ミラクルドッキングじゃい！」

「わかったわかった。じゃあそのミラクルドッキングを頼む」

「一回につきマヨネーズ一本じゃい！」

「お前、どんだけマヨネーズすするつもりだよ」

「アイラブマヨネーズ！」

「やれやれ。まあ帰ってきたらやるから」

「さすがはマスターじゃい！　では！　ミラクルドッキング！！」

「さて……」

俺がやってきたのは、水溜《みずた》まりと呼ばれるDランクダンジョンだ。

名前の由来は、ダンジョンのそこかしこに大きな水溜まりっぽい深い水源があるところからきている。

『なんぞこの場所は！　マスターよ、陰気くさいぞ！』

「ダンジョンってのはそういうもんだ」

草原だったり、山みたいなダンジョンもあるが、低ランク帯はこういう閉鎖的な洞窟系がメインになっている。

「まあここは狭くて人気もないから、サクッと終わらせよう」

ぴよ丸のおかげで出力が増えているので、今の俺なら簡単にクリアできるはずである。

なのでサクッとクリアして、より高収入なランクのダンジョンを目指す。

ちなみに、人気がない場所をわざわざ選んだのは――ダンジョンのボスは最短で四時間、最長で二十四時間でリポップする仕組になっており、『クリア目指してボス部屋に行ったら、もう倒されてました。なので長時間待機しててください』という萎《な》える状況を避けるためだ。

そういうことが、人気のある場所だと頻繁に起きるからな。

「悠よ。お前の命を増やすというのは、動きながらじゃできないのか？」

探索を始めようとしたら、アングラウスにそう問われる。

「動きながら？」

動きながらとか、考えたこともなかったな。

エターナルダンジョン時代も、ボス討伐後にある次エリアへのゲート、要は安全地帯でやっていたし。

「いろいろなことに使えそうだからな。ストックは多ければ多いほどいいだろう？　なら、ながらで作り出せる訓練をしても罰は当たらないと思うぞ？」

「ふむ……」

命のストックは、他人に入れればヒール代わりにも使えなくもない。

まあ、回復は死んだ瞬間って制限はあるが。

なので、ストックは多ければ多いほどいいってのは確かにそうだ。

ただ、俺はパーティーを組んだりするわけじゃないからな。

ソロの俺が、そうそう誰かを回復するために命を分けることなどないので、ストックを大量に保持する必要性は基本的に感じない。

けどまあ……

「そうだな、試しにやってみるか」

増やして損をするわけでもなし。

何かの役に立つ時が来るかもしれないので、動きながら裂命ができるか試してみるとしよう。

「それが良かろう」

まずは歩きながらやってみる。

感覚的には、集中してやるよりかは若干効率が落ちる感じだが、まあできなくはない。

まあこれなら、ちょっとした運動をしながらぐらいは問題ないだろう。

ただやはり、敵との戦闘となると……

激しい運動、それも痛みを感じる状況でできるかは、現状、正直怪しいと言わざるを得なかった。

戦闘中だけ中断すればいい？

残念ながらそういうわけにはいかない。

なぜなら、裂命は途中で途切れると、また一からやり直しになってしまうからだ。

なので、今のままだと戦闘ごとに一からやり直す羽目になってしまう。

まあ不可能って断言するほどではない気もするので、要練習ってところだな。

『なんじゃ？　なんか胸の辺りがむずむずするぞい。マスターは何をしとるんじゃ？』

「命を増やしてるんだが……わかるのか？」

『むずむずじゃい！』

返事がアレだが、感じることはできていると判断する。

「……なあぴよ丸、お前その感覚を維持できないか？　ちょっとやってみてくれ」

命が増える感覚を感じられるなら、ひょっとしたら維持ぐらいはできるのではないか？

そう思い、ぴよ丸に頼んでみる。

もしこいつが裂命状態を維持できるなら、戦闘中に途切れる心配はなくなるというもの。

『ワシに不可能はなか！　任せんしゃい！』

「――っ!?　これは……」

維持できればラッキー程度に思っていたのだが、ぴよ丸はなんと、裂命自体をやってのけてみせた。

　いきなり命を分ける工程まで進められるとか……こいつ天才か？

　維持程度ならともかく、命を分けるのは、かなり集中力と技術のいる行為だ。

　融合による感覚の共有があったとしても、そうそう簡単にできることではない。

『どうじゃい！　ワシに不可能はないんじゃい!!』

　これなら、裂命自体の加速もできるかも……

　そう思い試してみたら、共同作業も可能だった。

　まあ、ぴよ丸側はかなり拙い感じなので、倍速とまではいかないが。

「ほう、ぴよ丸に手伝わせたか。悪い手ではないな」

　アングラウスには、俺の細かい状態がわかるようだ。

「ああ。ぴよ丸、そのまま続けてくれ」

『え!?　これちょっと面倒くさいんじゃけど……』

「マヨネーズを追加でやるから、頑張ってくれ」

『ふおおおお！　アイラブマヨネーズ!!』

　マヨネーズ程度で頑張ってくれるのなら、安いものだ。チョロいチョロい。

第四章　ちび姫

水溜まりと呼ばれるDランクダンジョン。

その特徴を一言で言うなら、敵と罠の数が少ないダンジョンだ。

これだけ言うと楽そうに思えるかもしれないが、実際はその逆だったりする。

なぜなら、罠も敵も少ない反面、出現する敵自体の強さがDランク最高峰となっているからだ。

もうなんなら、ワンランク上のCランクの敵に匹敵するほどである。

そのくせ、ドロップはDランク相当。

そら人気ないわな。

「びゃびゃびゃ！」

ダンジョンを進んでいくと、人型をした、全身を魚の鱗《うろこ》に覆われた魚人が水溜まりから飛び出してきた。

サハギン。

こいつがこのダンジョンの、メインモンスターだ。

「ぴよ丸。維持を頼んだぞ」

もちろん、俺自身も訓練として維持することを心掛けるが、まあ暫くはぴよ丸頼りだ。

『アイラブマヨネーズ！』

まともな返事しろよな……まあいいけど。

先に動いたのはサハギンの方だった。

奴は口先を尖《とが》らせ、そこに両手を添え――

「ぶぶーっ！」

まるでレーザーのように、水を超高速で吐き出してくる。これはアクアバレットと呼ばれる攻撃だ。俺はそれを防ごうと右手を前に出す。が――

「ぐぅ……ぶち抜かれちまったな」

「全く、我がライバルながら情けない」

防ごうとした右手が千切れて弾け飛び、胸元に大穴が開いてしまう。

痛みはあっても、衝撃は大して感じなかった。

それは俺の肉体が、障害物にすらならないほどの高威力でぶち抜かれた証だ。

ダンジョン概要をネットで調べたから知ってはいたが、想像以上の威力である。

これを完全に防ぐのは、エクストリームバーストを使っても無理だろう。

「なるほど、こりゃDランクじゃきついわな」

装備がないとはいえ、命三つの今の俺を容易くぶち抜くほどの破壊力。

そこに加えて、アクアバレットは速度もかなり速いので、一般的なDランクの能力や装備でこれに対応するのは相当難しいはず。

「維持が解けてるぞ？」

「まさか胸をぶち抜かれるとは思わなかったんだよ」

痛みに慣れているとはいえ、それでも痛いものは痛いのだ。

想定外に胸をぶち抜かれてなお、冷静に裂命を続けるのはさすがにハードルが高い。

「ぎゃ……ぎょぎょ⁉」

即座に生えてくる右手。

そして埋まる胸の大穴。

そんな俺を見て、サハギンがギョッとした表情になる。

「悪いな、俺は不死身なんだよ。というわけで……今度はこっちの番だ」

一気に間合いを詰め、驚いて無防備になっているサハギンの顔面をぶん殴る。

「ぎゅがぁ！」

サハギンが俺の拳を受けて、大きく吹き飛んだ。

手応え自体はあった。

だが、致命的なダメージとまではいかなかったのか、受け身をとって奴は素早く起き上がってきてしまう。

起き上がったサハギンは両手を口の前に添え、再びアクアバレットで攻撃してこようとする。

間合い的に妨害するのは難しい。

が、全く問題ないのでそのまま突っ込む。

なぜなら俺は不死身だから。

「相打ちオッケーだぜ！」

「ぶふー！」

発射されたアクアバレットの直撃を喰らい、再び胸に綺麗な大穴が開く。

威力が低くて吹っ飛ばされるようなら面倒くさかったが、幸い高威力で貫通してくれるので、逆に動きの阻害にならずに済む。

「おら！」

間合いに入った所で、全体重と勢いを乗せた拳をサハギンの顔面へと叩き込んだ。

吹っ飛ぶサハギン。

今度は受け身をとれず、奴はそのまま地面の上を転がっていく。

「ぎゅぐうぅ……」

終わったかなと思ったが、奴は口や鼻から紫色の血を流し、ふらつきながらも再び起き上がってきた。

攻撃力だけではなく、耐久力も結構高いようだ。

「まあけどこれで……」

俺は弱っているサハギンに勢いよく飛び回し蹴りを叩き込み、ダメ押しする。

「ぎょげぇ……」

サハギンはその一撃で息絶え、そしてドロップである魔石へと変わる。

「終了、と。やっぱ裂命維持は難しいな」

俺の裂命は途切れていた。

やはり、本気で動きながら維持するのは難しい。

こりゃ、暫くはぴよ丸頼りになりそうである。

『ふおおおおおおおぉぉぉぉぉぉぉぉ！！！！』

そんなことを考えていたら、唐突にぴよ丸が雄叫びを上げた。

いったいなんだってんだ、こいつは。

『なんか知らんが……みなぎってきたぞおおぉぉぉぉ！！！』

「どうやらレベルが上がったようだな。ぴよ丸の」

いつの間にか、俺の足元にアングラウスが移動してきていた。

「レベルが……上がった？」

俺はアングラウスの言葉に眉根を顰める。

ぴよ丸は通常の生物ではない。

なのでレベルが上がること自体に驚きはなかった。

俺が『ん？』となったのは、レジェンドスキル【不老不死】の恩恵を受けている状態でぴよ丸のレベルが上がったことである。

【不老不死】は、その不死性と引き換えにレベルが一切上がらなくなるスキルだ。

当然、ぴよ丸も融合中はその恩恵を受けて不死身になっているので、デメリットの影響も受けていなければおかしい。

のだが――

「どうやら、ぴよ丸の融合は美味《おい》しいとこ取りのようだな」

「……」

いいとこ取りとかずるくね？

心の底からそう思う。

いやまあ、ぴよ丸が強くなれば、その分融合している俺の強さも上がるわけだから、いいっちゃいいんだが……

でも、やっぱずるくね？

『ふおおおぉぉぉぉぉ！　世界よワシに平伏せい!!』

そんな俺の胸中のもやもやなど他所に、ぴよ丸は雄叫びを上げるのだった。

◆◆◆

Dランクダンジョン『水溜まり』。

その最奥にいるボスは、提灯陸《ちょうちんりく》アンコウと呼ばれる魔物だ。

陸上でも活動できる象サイズのアンコウで、耐久力がかなり高く、長い舌を伸ばした攻撃や、提灯部分から放たれるアクアバレットが主な攻撃手段となっている。


「ガッツよ!!」

「気合い入れろちび姫!」

サハギンを始末しながら進むこと丸一日。

やっとボス部屋に辿り着いた俺は、思わずがっくりとする。

なぜなら、先客がいたからだ。

現在ボス部屋内では、十代前半に見える小柄なピンク髪の少女がボスとタイマンを張っていた。

周囲にはそれ以外にも二人の男女がいたが、彼らは声援を飛ばすだけで手出しをしていない。ギルドによる低ランク攻略者の育成。もしくは、単独撃破にでも挑戦しているってところなのだろう。

「はぁ、まさか先客がいるとは……」

人気がない場所だってのに他人とかち合うとか、運がなさすぎる。

「混ざればいいんじゃないか?」

「馬鹿言うなよ」

攻略者には、他の人間が戦ってる魔物への手出しは厳禁という、暗黙のルールがある。

なので手出し厳禁だ。もちろん、自分へ攻撃が飛んできたり、相手から助けを求められれば話は変わってくるが。

「面倒くさい決まりだな」

ダメな理由を説明すると、アングラウスがつまらなさそうに欠伸《あくび》する。

「まあしょうがない。混んでるダンジョンとかもあるからな。何にせよ、湧き待ち確定だ」

『マスター！　マヨネーズ!!』

「全部終わったらたらふくやるから、それまで我慢してくれ」

別にマヨネーズをケチるつもりはないが、ダンジョンにそんな物は持ち込んでいないからな。

だからクレクレ言われても、やりようがないのだ。

「ここに来たってことは、貴方もボス狙いかしら？」

俺に気づいた黒髪ロングの女性がこちらにやってきて、声をかけてきた。

声を聞いて気づいたが、こいつはオカマのようだ。

よく見ると、口元に薄《うっす》らと青髭《あおひげ》が浮かんでいる。

「あたしは、姫ギルド所属の岡町涼《おかまちりょう》よ。貴方のお名前を伺ってもいいかしら？」

姫ギルドの名前は聞いたことがある。

確か三大ギルドに次ぐ大手のギルドだったはず。

「俺は顔悠です」

大手だからというわけではなく、相手が年上っぽいので一応敬語を使う。

礼儀は大切だからな。

「悠君、いいお名前ねぇ。そっちの猫ちゃんは、貴方の使い魔かしら？」

ダンジョンボス部屋に、普通の猫を連れてくる人間はいない。

なので岡町は、アングラウスを俺の使い魔と判断したようだ。

「ええまあ」

「可愛いわねぇ。この子、どんな能力が使えるのかしら?」

「火を噴く程度だ。なんなら消し炭にしてやろうか?」

岡町がしゃがんで撫《な》でようとしたが、アングラウスがそれを素早くかわし、物騒な言葉で威嚇する。

これは別に差別的な行動ではなく、勝手に触ろうとしたことに怒っているだけだろう。

今はおとなしくしているが、本来は凶悪なドラゴンだからな。

人間に気安く体を触らせるわけもない。

「あら、怖い」

冗談だとでも思っているのか、岡町は笑顔だ。

だが、こいつが本当に火を噴いたら、この場にいる全員、灰すら残さずあの世行きである。

まあ俺は別だが。

「こいつは俺以外の人間が嫌いなんです。ですんで、関わらないようお願いします」

これ以上、アングラウスが機嫌を損ねるのはまずいので、釘《くぎ》を刺しておく。

「あらそうなの。仲良くなりたかったのに、残念」

偶然遭遇した攻略者の、それも使い魔と仲良くなってどうするんだ?

わけのわからん奴である。

「おう、岡町。用件は伝えたのか？」

岡町に続いて、筋肉質の大柄なスキンヘッドの男がやってきた。

「ううん、まだよ」

どうやら何か用件があって、岡町たちは俺に声をかけてきたようだ。

いったいなんの用があるというのか？

「ちんたらすんなよ。兄ちゃん、ここにいるってことはボス狙いだよな？」

「ええまあ……」

「俺は姫ギルドの山路幸保《やまじゆきやす》ってんだ。ものは相談だがよ。今戦ってるうちのちび姫と一緒に、ボス討伐してくれねぇか？　実はちょっとばかし、旗色が悪くってな」

旗色が悪い？

幸保という男の言葉に俺は眉を顰める。

ボスと戦っている少女を見た感じ、苦戦しているようには見えないからだ。

「普通に戦えてるように思えますけど？」

「そう見えるだけさ。動きでは圧倒できてるが、非力すぎてダメージがほとんど通ってねぇ。このままいけば、そのうちスタミナ切れでアウトだ」

「なるほど」

言われて改めて見てみると、確かに彼女のレイピアは、提灯陸アンコウの分厚い皮膚と脂肪に阻まれて大したダメージを与えていないようだった。

敵を翻弄《ほんろう》する華麗な動きに反して、彼女は相当非力なようだ。

「けど、それなら貴方方が手伝えばいいんでは？」

旗色が悪いのなら、この場にいる他の面子が手伝えばいいだけのこと。

なぜ俺に手伝いを求めるのか？

意味がわからない。

「確かに、俺たちが手伝えば瞬殺なんだが……それをすると、ちび姫を怒らせちまうんだよ」

「そうそう。あの子、意地っ張りだから。私たちが手伝ったりしたら、へそ曲げちゃうのよねぇ。このダンジョンにだって、保護者として私たちが付いてくるのすごく嫌がったんだもの」

「はぁ……」

「で、悠君に手伝ってもらえないかなー、と」

「同ランク帯の人間なら、一応保護じゃなくて、共闘って名目で行けるからな。それならちび姫も、そう目くじら立てないだろうし。ドロップは兄ちゃんにやるから、一肌脱いでもらえないか？」

保護と大して違わない気もするんだが……ホントにそれで、戦ってる少女は納得するのだろうか？

まあだが、相手側の保護者の了承がもらえるなら、俺としては断る理由はない。

少女がその後、二人と揉めても俺の知ったことじゃないしな。

「わかりました」

「おおそうか！　感謝する！」

「ありがとう。助かるわぁ。お礼にキスしてあげ……あだだ、ちょっと、痛いじゃない！」

「気持ち悪い真似すんな！　折角引き受けたのに、お前のせいで断られたらどうする！」

岡町が俺に抱きつこうとしたが、幸保がその後頭部を掴んで止める。ナイスキャッチだ。

「失礼ね！　そんなわけないでしょ！　そうよね、悠君」

「いや、死ぬほど迷惑なんで」

別にオカマだからと差別するつもりはないが、自分に嘘はつけない。

死ぬほど迷惑だ。

◇◇◇

「ちび姫！　ソロの攻略者が来たから一緒させてやれ！」

幸保が大声で、提灯陸アンコウと戦ってるちび姫とやらに向かって叫ぶ。

「なんでよ！　こいつはあたしの獲物よ！」

少女は一瞬振り返ってこちらを確認し、怒鳴り返してきた。

まあそらそうだよな。

こういう場合、後から来た攻略者は諦めるか、ボスのリポップを待つのが常識である。

途中参加など、普通ではあり得ない。

もちろん、助けを求めるような状況なら話は変わってくるが。

「ここまで来て、ボスと戦えなかったら可哀想じゃないの！　共闘させてあげなさいな！」

岡町の言葉に、敵の攻撃をかわすために忙しく動き回っていた少女の動きが一瞬止まる。

どうやら、可哀想とかいう彼の冗談みたいな言葉に反応したようだ。

「あー、もう！　しょうがないわね！　でも邪魔だったら蹴っ飛ばすからね！」

そしてまさかのオーケー。

口調は荒いが、ちび姫って子は結構お人好《よ》しのようだ。

もし俺が彼女の立場だったなら、考慮にも値しないと完全にスルーしていたことだろう。

どう考えても、その程度で可哀想とはならんからな。

「さ、よろしくお願いね」

「わかりました」

岡町がウィンクを飛ばしてきた。

俺はそれを本能的にかわし、提灯陸アンコウの元へと向かう。

「バンバン殺されるのもアレだし、一応エクストリームバースト使っとくか」

命三つの状態じゃ、他の攻撃と組み合わされるアンコウのアクアバレットをかわし切るのは難しい。

もちろん喰らっても死なないが、頭とかが吹き飛ぶショッキングなシーンを、こちらの不死を伝えていない女の子に見せるのはさすがに忍びないというもの。

まあボスとタイマンしてるような子に、そんな気遣いはいらない気もするが、一応な。

『ふぉおおおぉぉぉぉぉ!!　みなぎってきたぁ!!　ファイヤーバード!!』

エクストリームバーストを発動させると、興奮したぴよ丸が勝手にファイヤーバードを発動させてしまう。

融合しているこの状態だと、俺の掌から炎が噴き出る感じだ。

「勝手に発動させるなよな。まあ使わせるつもりだったから別にいいけど」

道中、俺はアングラウスに言われて炎のコントロール方法を練習している。

そこでわかったことだが、驚くべきことに、この炎は性質を変化させ物質化することすら可能だった。

なので――

「はぁっ!」

俺は炎の出力を上げて操り、それを物質的な剣へと変えて握る。

炎から生み出したこの剣は命を使った力が乗るため、破壊力が高く、武器として申し分ない。

『マスターよ!　ワシの力を存分に振るうがよか!!』

「そうさせてもらうよ」

「ぎゅおおお!」

アンコウが俺の接近に気づき、雄叫びを上げた。

奴は少女に体当たりを仕掛けながらも、額から生えている提灯部分から、こちらに向かってアクアバレットを飛ばしてくる。

「ふっ！」

俺はそれを炎の剣で切り捨てる形で対処し、巨体のアンコウに向かって突っ込んだ。

「俺は顔悠だ。感謝する」

二発目のアクアバレットをかわしつつちび姫に近づき、自己紹介と礼を言う。

岡町たちに頼まれたことではあったが、待たずに証が手に入る上、ドロップまでもらえるわけだからな。

礼ぐらいは言うさ。

「私は姫路《ひめじ》アリスよ！　私が気を引くから、アンタはその隙を狙いなさい！」

姫路はそう言うと、アンコウの注意を引くため、わざと奴の鼻先を横切るように動いた。

その際舌で狙われるが、彼女はそれを軽やかにかわしてみせる。いい動きだ。

ぶっちゃけ、囮なら俺の方がド適性なんだが……不死身だし。

まあだが本人が買って出るなら、断る理由はない。

そもそも、火力不足で岡町たちに加勢を頼まれているわけだからな。

彼女がアタッカー役をするより、その方が効率はいいだろう。

アンコウが側面に回った姫路の動きを追って、体を大きく動かす。

そのおかげで奴の隙だらけの腹が丸見えとなり、絶好の攻撃チャンスが生まれる。

と、言いたいところだが。

「提灯には気を付けて！」

奴の額から生えている提灯は、こちら側に向いていた。

まあ仮にもボスだからな。相手を一人追って、もう一人をフリーにするほど間抜けではないってことだ。

俺への牽制とばかりに、奴は散弾状の低威力なアクアバレットを飛ばしてくる。

「わかってる！」

散弾状の水弾は小さく、弾速も通常のものより相当遅い。

恐らく、威力は単発時の十分の一以下だろう。

正直な話、俺としてはこっちの方が厄介だ。

この威力じゃ、体を貫通してくれそうにないからな。

そのため喰らうと足止めになってしまうので、かわすしかない。

折角ちび姫から見えない位置だというのに、無視できないのが面倒くさいことこの上なしである。

「はぁっ！」

水弾をかわしつつ、俺はアンコウの腹部に手にした炎の剣で切りつける。

剣が奴の皮膚と分厚い脂肪を切り裂くが――

「想像以上に硬いな」

致命傷にはほど遠いダメージだ。

無防備な所を切りつけてこれか。

この状態の攻撃なら一撃は無理でも、数発で決着がつくと思っていたんだけど……当てが外れてしまったな。

「こりゃ、結構かかりそうだ」

事前に調べていたため、かなり耐久力があることはわかっていたが、思っていた以上である。

どうやらちび姫が非力なのではなく、こいつが硬すぎるだけだったようだ。

さすが、Ｄランク最強クラスのボスだけはある。

「ぎょぎょん！」

腹を切られたアンコウが跳び上がり、俺の上に落ちてくる。

「危ない！　かわして！」

本来ならかわす必要はないんだが、潰されるシーンを見せつけるのもあれだからな。

俺は大きく飛び退《の》き、その攻撃をかわす。

「くくく。魚一匹軽く捌《さば》けんとは非力だな、悠」

アングラウスが俺の足元で嫌味を言ってくる。

「ああ、悲しいほどにな」

アングラウスと戦った回帰前なら、この程度の魔物などワンパンで倒せたことだろう。

だが、命三つの今の状態じゃ、こんな雑魚相手にすら大立ち回りが必要だ。

さっさと力を取り戻したいものである。

「しょうがない。まあまた我が手を貸してやろう」

「おいおいおい、火を噴くのは勘弁してくれよ」

以前ボスに向かって吐いたブレスをまたやられたら、えらいことになってしまう。

あの時は俺だけだから良かったが、今回は周りに他の人間がいるのだ。

ブレスに巻き込まれれば、彼らは確実にあの世行きである。

「安心しろ、我とてそれぐらい理解している」

「いや、そもそも人目があるから手出しは……」

「今回は地味にやるから見ていろ」

俺の言葉を無視し、攻撃をかわされ再びジャンプしたアンコウを追うようにアングラウスが跳躍する。

「ドラ……いや、違うな。今は——ニャンコパンチ！」

アンコウに空中で接触したアングラウスが、その短い前足で猫パンチをぶちかます。

その一撃が強力すぎたためか、バンっと鈍い破裂音と共に、アンコウの体が風船のように破裂してしまった。

「……」

どう考えても、Dランクに来る攻略者の使い魔の強さではない。

姫路の方を見ると、『え？　マジで？』みたいな顔で着地したアングラウスを見ていた。

岡町たちも目を見開いて驚いている。

「全然地味じゃねぇじゃねぇか」

「さすがに、あれ以上地味にするのは無理だ」

だったら手を出すなよな。

ちなみにドロップは鎧だった。レアドロップだ。

ついてる、と言いたいところだが……ボスのレアドロップは、そうぽこぽこ落ちるような物ではない。

連続で落ちるなんてよっぽどだ。

考えられるとしたら――

「なあ、お前なんかスキル持ってるのか？」

「気づいたか」

アングラウスが口の端を歪めてニヤリと笑う。

「我には初討伐時、レアドロップが確定するスキルがある」

なんでEXダンジョンのボスが、そんなスキル持ってんだ？

おかしくね？

「……その使い魔、すごいわね」

暫くあっけにとられていたが、こっちにやってきた姫路アリスがアングラウスを凝視する。

「B。いえ、Aランクレベルはあるんじゃ？」

ここ『水溜まり』はDランクに分類されているが、生息する魔物はその中で最上級、限りなくCランクに近い強さを誇っている。

そこのボスをワンパンで、文字通り粉砕したことから、姫路はアングラウスの実力をAランクレベルと判断したようだ。

実際はレベル一万超えなので、Aどころではないわけだが……

アングラウスはゲームで言うなら、ラスボスどころか隠しボス扱いされてもおかしくない奴だかな。

「ああ、まあそんな感じだ」

問いには適当に答えておく。

下手に教えると大問題になるかもしれないってのもあるが、そもそも、言っても信じない可能性の方が高い。

「すごいわねぇ、その猫ちゃん」

岡町たちも寄ってきて、アングラウスに注目する。

「単独で来てるから、そこそこやるだろうとは思ってたが……とんでもない隠し玉を持ってやがったもんだ。このレベルの使い魔を従えられるってことは、ユニークスキル……いや、ひょっとしてレジェンドスキルか？」

スキル、もしくは魔法による召喚の使い魔は、主人となる攻略者の影響を大きく受けるものだ。

そのため、Dランクダンジョンに通う程度の攻略者の使役《しえき》する使い魔の強さは、通常たかが知れていた。

だが、そういった常識の枠に嵌《は》まらないスキルが存在する。

それが強力な効果を持つユニークスキルや、レジェンドスキルだ。

「いえ、ユニークスキルです」

Dどころか、Eランクの俺がAランクと思《おぼ》しき魔物を使役している。

そう考えると、効果としては、より強力なレジェンドスキルの方が自然だろうとは思う。

にもかかわらずユニークスキルと答えたのは、協会のデータベースで、初期スキルと現在のランクを簡単に調べることができるためだ。

覚醒時以外にも取得する可能性があるユニークスキルと違って、レジェンドスキルは覚醒した時のみというのが通説となっている。

そのため、データベースを調べられたら嘘が一発でバレてしまうのだ。

何せ、俺のデータには【不老不死】以外のスキルはないわけだからな。

さすがに【不老不死】を、使い魔を使役する系のスキルと勘違いする馬鹿はいないだろう。

「このレベルの使い魔を、ユニークスキルでか……」

「はい」

ああでも……よくよく考えたら、【不老不死】はデメリットにスキル取得不可もあるから、ちゃんと調べられたら結局バレるのか。

本名を名乗ったのは失敗だったかもしれん。

まあもう、そこは考えないようにしておく。

アングラウスの無双は今さら取り消せないし、相手が気づいて面倒くさいことにならないことを祈るばかりだ。

「相当強力なユニークスキルみたいだな。それで？　どういう感じのスキルなんだ？」

興味津々なんだろう。幸保がスキルの概要を詳しく聞いてくる。

だがその行動はマナー違反だ。

データベースにある程度載っているとはいえ、他人の能力の詮索は嫌われる。

俺がそれを理由に、やんわりと回答の拒否をしようとしたら――

「他人の能力やスキルを詮索するのはマナー違反だと、ネットには載っていたぞ。姫ギルドには、そういった最低限のマナーも存在してないのか？」

先にアングラウスが、そのことをド直球に放り込んでしまった。

「おっと、こいつは一本取られちまったな。変な詮索をして悪かった」

アングラウスに指摘された幸保が、素直に頭を下げた。

大手ギルドの人間を怒らせて揉めたら面倒くさいことになるところだったが、どうやらその心配はなさそうだ。

「ああいや、気にしないでください。俺は気にしてませんので」

「ほんっと、幸保はちゃんと反省しなさいよ。ごめんなさいねぇ、悠君。ところで……悠君はどこかに所属してるのかしら？　もしまだギルドに入ってないなら、うちなんてどうかしら？」

強力なユニークスキルを持つ人間を確保したいのか、岡町が勧誘してくる。

「姫ギルドはこの業界じゃ大手だし、美人も多いのよ。あたしみたいな、ね」

岡町が体をくねらせウィンクしてくる。

あたしみたいなと言われたら、そっち系の人間がワンサカいるようにしか感じないんだが？

アピールどころか、人によってはマイナスに働きかねない内容である。

「いえ、ギルドに所属する予定はないんで。申し訳ないですけど」

勧誘に対する答えは、当然ノーだ。

アングラウスのことを含めて、俺はいろいろと特殊だからな。

「そう、残念ねぇ。じゃあ名刺を渡しておくから、気が変わったら連絡ちょうだいね」

「わかりました」

しつこく勧誘されるかと思ったが、断ったら岡町はあっさりと引いた。

まあ大手だし、優秀な攻略者は大量に抱えてるだろうから、俺にこだわる必要はないってことなんだろう。

「顔悠」

「ん？」

「あれの分配だけど……」

姫路アリスが、レアドロップの青い鎧を指さす。

確か水属性に高い耐性があり、さらに自然回復能力が上昇する効果だったかな。

Dランクダンジョンのドロップではあるが、高ランク攻略者が水属性対策に身に着けたりするほどのレア装備で、ギルドでの買取価格は三千万ほどだったはず。

「私の獲物だったけど、まああんたの使い魔が活躍したから半々ってことにしてあげるわ」

そう言われた俺は、岡町と幸保の方を見た。

「あー、いや、ちび姫。そいつは……まあなんだ……」

「悠君はここ初めてみたいだから、記念に彼に差し上げましょ」

「はぁ!?　これがいくらするかわかってんの!?　通常ドロップの魔石じゃないのよ！」

大手ギルド所属なんだから、ケチケチするなよと言いたいところだが……さすがに五桁万円をポンとプレゼントするのは、そう簡単な話ではないよな。

裏取引を知らないのだから、当然の反応だ。

「ま、まあそうだな。は、半々でいいだろう?」

幸保が困ったように聞いてくるが、俺は姫路に見えないよう、指先でペケマークを作って意思表示する。

ドロップをもらう約束で助力しているので、当然あれは俺の物だ。半分譲るいわれはない。

ましてや、アングラウスのスキル効果ならなおさらである。

大手ギルドを敵に回す可能性もあるが、さすがに金額が金額なだけに、そんなカツアゲのような真似を受け入れるわけにはいかない。

こっちがもらう側だったカイザーギルドの時とは、わけが違うのだ。

「わかりました」

幸保が諦めたような顔で、姫路に見えないよう指でオッケーマークを作ったので、表面上は半々で済ませることに同意しておいた。

三千万ゲット。

アングラウスのスキルもあるので、この調子ならすぐにエリクサーが手に入りそうだ。

◆◆◆

――姫ギルドの所持するビルの一室。

椅子ではなく、シックな執務机の方に腰かけた、スーツ姿の大柄な赤髪の女性が報告書に目を通し呟く。

「所有スキルは【不老不死】のみ……か」

彼女の名は姫路アイギス。

顔悠がDランクダンジョン、『水溜まり』で共闘した姫路アリスの姉であり、大手である姫ギルドのマスターを務めるSランクの攻略者だ。

「普通なら、覚醒時以外と考えるところだが……このレジェンドスキルは、確か不死身になる代わりに、レベルアップ不能と、スキル取得不能というデメリットがあったはず」

「ああ……俺たちもそれに気づいたから、こうやって姫に報告しに来たんだ」

「気になってチェックしたら、もうびっくりよぉ」

山路幸保と岡町涼は、Dランクダンジョンで出会った顔悠のことを、あの後、協会のデータベースで調べていた。

あっさりと引きはしたが、可能なら追い追いギルドに勧誘しようと考えていたからだ。

まだEランク攻略者にもかかわらず、提灯陸アンコウを一撃で粉砕するほどの使い魔の破格な能力を見せつけられたのだから、それは当然の判断だろう。

その場で引き下がったのは、引率すべき姫路アリスがいたことと、しつこくすると印象が悪くなると判断したからに他ならない。

「現実的に考えれば、なんらかのマジックアイテムなんだろうが……」

「それはないと思うわ。あの猫ちゃん、Aランク相当の力はあったもの。もしマジックアイテムだとしたら、とんでもないレアよ。それこそSランクダンジョンのボスドロップ並みの。彼が自力で手に入れたってのは考えづらいし、買ったとも思えないのよねぇ。調べた限り、悠君にそんな物を買う余裕はないみたいだし。そもそもそんなお金があるなら、先に覚醒不全の妹さんのためにエリクサーを手に入れてるはずよ」

岡町は、昨日の今日で、顔悠に関する情報をかなり手に入れていた。

少し前に帯同していた毒島のパーティーは元より、その家族構成や、家庭事情などまで。

よくこの短期間でそれほどの情報を、と思うかもしれないが、悠はレジェンドスキル持ちだったため、攻略者登録初期に界隈の注目を集めた過去があった。

まあそれも、成長不可が知れ渡る前という極短い期間ではあるが。

姫ギルドはその当時、顔悠獲得のために動いていた背景があり、今回、極短期間で情報をある程度集められたのはそのためだ。

「そうなると……レジェンドスキルのデメリットを、なんらかの方法で突破してスキルを習得しているわけか」

「本人も、Cランク相当の実力があったからな。間違いなくレベルも上がってるはずだぜ」

「非常に興味深いな」

レジェンドスキルは、どれも他の追随を許さないほどの効果を持っている。

その分デメリットも強烈であり、ある意味そこでバランスが取れているといえるスキルだ。

なので、そのデメリットを無効化できたなら、それがどれほど強力な武器となるかはいうまでもないだろう。

「おいおい、興味深いどころじゃねぇぜ」

「そうよぉ。こういう言い方するのはなんだけど、彼は化け物の卵よ」

一般的な攻略者のレベル上げを阻害する最大の障害は、死という名の、生きとし生ける者全てが恐れるリスクだ。

だが顔悠はそれを無視することができた。

それが攻略者にとってどれほど大きなアドバンテージであることか。

「壁も絶対越えられるわけだし、間違いなく大成するわ。早いうちにツバつけとかないと」

今まではデメリットのため、最弱の攻略者などと呼ばれていた彼だが、成長が可能となればその評価は百八十度反転する。

順当に成長を続ければ、やがて世界トップクラスに食い込んでいく攻略者になることは疑いようがない。

「そうだな。できればうちに引き込みたいところではあるが……」

ギルドは、どれだけ優秀な攻略者を抱えられるかでその格が決まる。

大手と呼ばれる姫ギルドでさえ、Sランク攻略者は三名しかいないのだ。

顔悠がほぼ確実にSランクに至ることを考えれば、姫ギルドが彼を加入させたいと思うのは当然のことだった。

「姫。私に任せてくれれば、この美貌でイチコロよ」

岡町が体をしならせる。

悠と遭遇した際は、ダンジョン内だったので青髭が僅かに出ていたが、普段はバッチリ処理しているので、見た目だけなら完全に女性だ。

なので、しなを作った姿は色っぽく見えないこともない。

まあ声が完全におねぇ系なので、騙される人間は少ないだろうが。

「寝言は寝てから言えよ。お前がぐいぐい行ったら、まとまるものもまとまらなくなっちまう」

「まあ、失礼ねぇ」

幸保の言葉に、心外とばかりに岡町が頬を膨らませる。

確かに昨今の流れで言うなら、失礼極まりない発言となる。

だが相手が特殊な趣味を持っていない限り、それが正論であることは確かだ。

「誰が勧誘するかはともかく……この資料から見るに、エリクサーの提供を引き換えにするのが確実だろうな」

「エリクサーか。まあ確かにそうだろうが……」

「でも、今すっごく値上がってるのよねぇ……」

エリクサーの入手は、絶望的というほど難しくはない。が、とにかく需要が多い。

特に昨今は、世界的に、大手ギルドが本格的に超高難易度ダンジョンの踏破に乗り出す流れのため、その価格はこの半年で三倍以上にまで跳ね上がってしまっていた。

超高難易度であるダンジョンの攻略には、エリクサーが必要不可欠だからだ。

「確か、現在の平均価格は十五億ほどだったか？」

「ああ、それくらいだ。契約金代わりとはいえ……その額の品を、新人にポンとプレゼントしたとなるとなぁ」

「山田あたりは、絶対うるさいわよねぇ」

姫ギルドは大手なので、出そうと思えば普通に出せる額ではある。

ただ、あまり高額でのスカウトをしてしまうと、他のギルド員たちから反発を受ける可能性が高かった。

そうなれば最悪、ギルド運営に支障が発生する可能性も出てくる。

「だが……将来性を考えればそれだけの価値はある」

能力にもよるが、高ランク攻略者の数は、挑戦できるダンジョンの難易度や安定度に直結する。なので多少の不和や離反があったとしても、将来有望な悠を引き込むことは大きなプラスになるとアイギスは判断し、そう断言する。

「じゃあその方向で、俺が交渉にあたってくる。全く知らない相手より、顔見知りの方がいいだろうからな」

「あ、じゃああたしも行くわ」

「ああ、頼む」

自身の妹、姫路アリスもいずれSランクまで昇ってくる有望株だ。

ほんの一週間ほど前に覚醒し、つい先日はDランクダンジョンのボスとも切り結んでいるその成長速度は、驚異的と言っていい。

そこにもう一人、Sランクが期待できる攻略者が加われば、いずれ姫ギルドが三大ギルドに食い込むことも可能だろう。

そんなことを、アイギスは頭の端で計算する。

「まあ捕らぬ狸《たぬき》のなんとやらだな」

姫路アイギスは自分の都合の良い想像に、苦笑いする。

「叶うかどうかもわからない妄想よりも、現実的な強化をすべきだな」

岡町と幸保が執務室から出ていった後、アイギスは腰かけていた机から立ち上がり、トレーニングルームへと向かう。


姫ギルドマスター、姫路アイギス。

年齢三十二歳。身長百九十五センチ。体重百十一キロ。体脂肪率七％。

元々大柄だった彼女ではあったが、その女性離れした筋肉質な体躯《たいく》は、強さを求める彼女のストイックな日々の努力の賜物であった。


攻略者が体を鍛えてどうするのか？

一般的に、攻略者の強さはレベルとスキルで決まると言われている。

だが、下地となるフィジカルが全く影響を及ぼさないわけではない。

スキルの大半が倍率系であるため、鍛えた筋肉や体力もまたそれによって強化されるので、決して馬鹿にできない差を生む。

それがわかっている一流の攻略者たちは、皆こぞって鍛錬を行っていた。

少しでも強くなるために。

そしてそんな中の一人に、姫路アイギスがいるのだ。


姫路アイギスの目指すもの。

自らがどこまでも強くなり、そして姫ギルドを頂点まで押し上げる。

それが彼女の願いだった。

第五章　百億の男

「んまんまんまんまんま……」

ぴよ丸がマヨネーズを美味《うま》そうに、ごくごくと喉を鳴らして飲んでいる。

その姿を見て思う。

「こいつ絶対太ったよな」

と。

元々丸かったぴよ丸は、この数日で劇的に丸味成分を増していた。

間違いなく、こいつは太ってきている。

「生まれたばかりの成長期だから、大きくなっているだけだろう」

ベッドで寝転ぶアングラウスは、タブレットを弄りながら、問いかけた俺に興味なさ気にそう答えた。

他人事だな、全く。

俺と融合することで健康被害は出ないってお前が言ったから、こいつにマヨネーズを好きなだけ食わせてるわけだが？

まあ太ってもなぜか健康な人間はいるので、ぴよ丸もその類の可能性は高いが。

「美味い！　マスター、もう一杯！」

「黙れデブ」

昼食にマヨネーズ二本もすすっておいてまだ欲しいとか、完全なるデブマインドである。

「ななな！　なんじゃと！　ワシはぽっちゃり系女子じゃ！　デブではなか！」

「はいはい、どっちにしろ打ち止めだ。買いに行かないともう家にはねーよ」

「なんじゃと！　それは一大事じゃ！　スーパーへ急がねば！　モードチェンジ！　ファイヤーバード!!」

端が炎になった羽を、ぴよ丸が羽ばたかせる。

その羽ばたきは、初めての頃とは見違えるほどに力強く彼女の体を飛翔させた。

具体的には三十センチぐらい。うん、まあ初期と大差ないな。

「ファイヤーウィング！　ファイヤーウィング！」

本人は気合を入れて羽ばたいているのだろうが、全くそれ以上、浮かびもしなければ進みもしない。

綺麗なホバリング状態である。

「なんでレベルが三十個も上がってんのに、ホバリングしかできないんだよ」

ぴよ丸のレベルは、あのDランクダンジョンで三十個も上がっていた。

まあレベル一だったから劇的に上がるのは当然のことなのだが、それだけ上がったにもかかわらず、その成長の跡は全く見えない。

「そんなことはないだろう。前より浮いているし、レベルアップ前ならもう墜落してた頃だ」

「ファイヤーウィング！　ファイヤーウィング！」

初めて飛ぼうとした時は一瞬でスタミナ切れを起こしていたが、今のぴよ丸にその様子はない。

そう考えると、一応成長してはいるようだ。

「ま、浮くだけで上手く飛べないのは、バランスの問題だろう。短い羽と丸い体だからな。後、太ってるというのもある。まあ、成長すれば自然と飛べるようになるだろう」

「まあ確かに」

結局、お前も太ってるって思ってるんじゃねーか。

「まあ……勝手に飛び回られても困るし、今はこれぐらいでちょうどいいのか」

こいつはフリーダムだからな。しかし……

「ファイヤーウィング！　ファイヤーウィング！　ファイヤーブゲッ!?」

羽ばたくのはいいのだが、雄叫びがうるさくて敵《かな》わん。

なので、引っ掴んで黙らせる。

「ぴよ丸。飛ぶのはいいんだが、その叫ぶのはなんとかならないのか？」

「難しい注文じゃ！　じゃが、そこまで言われたなら善処しようぞ！」

「そうしてくれ。それと、マヨネーズは後で買いに行くから夕飯まで我慢しろ」

「馬鹿な!?」

「いいから融合だ。繋ぐの手伝え」

現在は三つ目（ぴよ丸の命は含まない）を接続中である。

本当は、二つ目の命の慣らしにはもっとかかるはずだったのだが、ぴよ丸と融合したのがいい方に影響したのか、早々に次のステップへと進むことができていた。

その接続に関しても、ぴよ丸に手伝わせることでかなり期間を短縮できそうだし。

やかましい奴ではあるが、なんだかんだで役に立っているんだよなぁ。こいつ。

「やれやれ……マスターは、ワシなしじゃなんもできんのじゃな。仕方ない！　この女ぴよ丸にドンと任しんしゃい！」

「ああ、感謝してるよ」

「ただ一言だけ言わせてもらう！　融合ではなくミラクルドッキングじゃい！」

「ああ、はいはい」

ぴよ丸のよくわからないこだわりに、俺は適当に返した。

「そういえば、なぜ勧誘を断ったんだ？」

命を繋いでいると、アングラウスが寝そべってタブレットを弄りながら聞いてくる。

午前中、岡町と幸保が家に訪ねてきて、俺を姫ギルドに誘ってきたのだが、俺はそれを断っている。アングラウスにはそれが不思議だったのだろう。

「手っ取り早くエリクサーを手に入れる機会だったろうに」

「まあな」

岡町たちの話じゃ、エリクサーは相当値上がりしているようだった。

相場だと、現在十五億だそうである。

回帰前も値上がりしていたこと自体は知っていたが、当時は働くのに必死すぎて値段の確認をしていなかったので、まさかそこまで上がっているとは夢にも思わなかった。

二人が勧誘に出した条件はそのエリクサーだった。

現在Dランク（証を使って協会で更新済み）である人間にとって、それを契約金代わりにもらえるのは、間違いなく破格の条件と言えるだろう。

けど、俺はそれを断った。

契約するには、少々問題があったからだ。

「ま、お前がいるからな。もしギルドに入ったら、ユニークスキルでもなんでもないのがバレちまう」

大手ギルドなら、新規メンバーの能力鑑定は間違いなく行われるはずだ。

そうなると、一発で嘘がばれてしまう。

そしてその場合、アングラウスはいったいなんなんだってことになるのが目に見えていた。

「余計なトラブルを抱えて、お前に暴れられても敵わないからな」

アングラウスは、今はおとなしくしている。

だが周囲が騒いで騒動になった時、それを我慢してくれるとは限らない。

所詮、人ならざる化け物だからな。

こいつが暴れだしたら、周囲にどれほどの被害が出ることか……

「なるほど」

「ま、十五億より値上がりしてもなんとかなるさ。ぴよ丸のおかげで時短できてるしな」

アングラウスの初回レアドロップ確定もあるので、まあ楽勝だろう。

「ん？」

アングラウスと話していると、チャイムの音が響いた。

誰かが家を訪ねてきたようだ。

「ぴよ丸は作業を続けといてくれ」

『マヨネーズイズジャスティス！』

元気よく返事が返ってくる。何言ってるのかよくわからんが、まあたぶんイエスって意味だろう。


「はい」

玄関を開けると、七三頭のスーツ姿の男性が立っていた。

「突然のご訪問、失礼いたします。わたくしこういう者でして」

男から名刺を手渡される。名刺にはカイザーギルド、エリアマネージャー柏木豊《かしわぎゆたか》と記されていた。

どうやらカイザーギルドの人間のようだ。

「先日は、うちの滝口が大変ご迷惑をおかけしたようで。そのお詫《わ》びにと、お伺いさせていただきました。本日お時間の方、よろしいでしょうか？　お忙しいようでしたら、後日、日を改めさせていただきますので」

協会での滝口の件で例の誠意、要はお金を持ってきたようだ。

しかし金を渡すだけなら、別に時間なんていらないだろうに。

ポンと渡してバイバイするだけなら、三分とかからないわけだし。

「ええ、まあ大丈夫です」

「さようですか。では立ち話もなんですので、近くにカフェがありましたのでそちらへ参りましょう」

なんでわざわざカフェ？

何かするとして、パッと思い浮かぶのはこの前の一件を口外しない旨の誓約書を書かせるとかか。

まあ大手ギルドからしたら、人の首をへし折ったなんて噂は好ましくないだろうからな。

俺の口を封じたいと思っても不思議はない。

「はぁ……」

いいから金だけ寄越せというわけにもいかないので、俺は戸締りをして、柏木と一緒に近所のカフェへと向かう。

「こちらは当ギルドからの誠意になります。どうぞお納めください」

カフェで席に着き、注文を通したところで、分厚い封筒を差し出される。

封筒の中を確認すると、帯付きの札束が二セット入っていた。二百万だ。

人様の首をへし折った慰謝料としては、激安と言える。

だが俺は不死身だ。

滝口もそれを知って暴行しているので、扱いとしては治療費や後遺症のケアがない、ただの骨折の示談ってことなのだろう。

足元を見られてる気もするが、大手ギルドに睨まれてまで騒ぐほど不当な額でもない。

まあそのあたりも考慮して算出しているのだろうな、カイザーギルド側は。

それが容易く透けて見えるあたり、誠意のせの字も感じない対応なわけだが……

「わかりました。これでお互いなかったということで」

騒いでもなんの得もないので、俺はそれを受け取って終わりにする。

「そう言っていただけると助かります。ところで……失礼ながら少し調べさせていただいたところ、顔様はまだギルドに所属されていないようで」

調べたことに関しては、文句を言うつもりはない。

そもそも調べなければ、俺の所在だってわからなかっただろうしな。

「ええ、まあ……」

しかし、何か話があるのだろうとは思ったが、まさか勧誘だったとはな。

正直、レベルの上がらない俺を、大手がスカウトするメリットがあると思えないんだが？

もちろん、俺の最終的な強さを知ってれば話は変わってくるが……

彼らがそんなことを知っているわけもない。

「もし顔様がよろしければ、我がカイザーギルドにぜひ加入していただきたいのですが？」

「俺をですか？　俺なんかを勧誘しても、カイザーギルド側にメリットがあるとは到底思えませんが？」

「ははは、ご謙遜を。うちの滝口を制圧できるほどのお方が、何をおっしゃられます。顔様なら、カイザーギルドで十分やっていけますよ」

大手ギルド所属とはいえ、滝口はまだ育成途中のDランクでしかない。

しかもその攻撃特化のユニークスキルは、不死身である俺相手だと、持ち味を発揮しづらいものだ。

その条件で滝口を制圧できた程度じゃ、どう考えても大した評価には値しないはず。

それでも勧誘するってことは、やっぱ命を使ってのパワーアップを知ってるってことか？

いや、待てよ。ひょっとしたら岡町たちのように、俺がレジェンドスキルのデメリットを突破したと考えている可能性もあるな。

冷静に考えると、その可能性の方が高い気がする。

「まさか。俺なんか、低ランクダンジョンで細々やるのが精いっぱいですよ」

「何をおっしゃいますか。不老不死の肉体を持ち、さらに……そのデメリットを無視して成長までできる貴方なら、うちの看板を背負うに足るお方と期待しておりますよ」

やっぱ、デメリットを無視できていると思っているようだな。

「契約条件も、破格のものを用意させていただきましたので。ぜひ書類に目をお通しください」

柏木が書類を出して、スッと俺の方に差し出した。

正直、ギルドに入るつもりは微塵《みじん》もないが、相手の顔を立てる意味で、一応それに目だけは通す。

内容はざっくり言うと、十年契約で契約金は十億。自己都合の脱退は、契約金の三倍の違約金を俺が支払うことになり。さらにスキルの情報などは、全て詳細に開示する必要がある。

というものだった。

「……」

書類に目を通し終えた俺は、店員さんが持ってきてくれたアイスコーヒーを口にする。

「いかがでしょうか？」

ドヤ顔でいかがと言われてもなぁ……

三大ギルドのくせに、十五億相当のエリクサーを提示した姫ギルドより契約金が少ないんだが？

しかも契約書にあるスキルの詳細を開示ってのは……要は、レジェンドスキルの突破方法を教えろってことだろ？

その上で、違約金もかなり高額ときてる。

姫ギルドの勧誘の後だからか、カイザーギルドの提示した条件が果てしなく残念に思えて仕方ない。

まあどっちにしろ断るつもりだから、どうでもいいっちゃいいことではあるんだが。

「大変いいお話なんですが」

俺は契約書を柏木の方へと返した。

「条件面が不服のようでしたら、もう少し勉強させていただきますが」

どれだけ勉強しても、レジェンドスキルの突破方法に関係する条項は消えないだろう。

カイザーギルドのトップはレジェンドスキル持ちなので、どう考えてもそっちが勧誘のメインだろうし。

なので当然答えはノーのままだ。

まあその条件がなくても、イエスとはならないが……

「いえ、条件云々ではなく。個人で細々やっていく方が性に合っているので、申し訳ありません」

「……そうですか。まあ無理強いもできませんので、仕方ありませんね」

あっさり引いたな。もっと食いついてくると思ったのだが、拍子抜けだ。

まあこちらとしては、その方が楽なのでいいが。

「では、ここからはビジネスのお話を」

「ビジネス？」

柏木の言葉に眉を顰める。

俺は別に商売をやっているわけではないので、ビジネスと言われてもピンとこない。

「はい。ぜひ情報を売っていただきたいと思いまして」

ああ、なるほど。

俺を誘えないなら、レジェンドスキルを突破した方法だけでもってことか。

「ずばり……我々が求めているのは、レジェンドスキルのデメリットを突破する方法です。その情報を、ぜひ十億で売っていただきたい」

情報に十億……丸々契約金と一緒じゃねぇか。

値段が一緒だと、情報以外の俺の価値がゼロって言ってるのと同じなんだが？

死ぬほど失礼な発言である。

本気で交渉する気があるのか疑いたくなるレベルだ。

「ふむ……柏木さんは勘違いされているようですけど、俺はデメリットを突破できていませんよ。レベルは相変わらず一のままですし」

「ははは、ご冗談を。レベル一の一般人と大差ない人間に、うちの滝口の足を折ることなんてできませんよ」

まあ確かに。レベル百近い奴が、油断していたとはいえレベル一に骨を折られるなんてことはあり得ない。

普通なら、だが。

取りあえず、理由が必要なので、サラッと概要だけでも伝えるとしよう。

師匠から教わった技術について。別に知られても困るってわけでもないからな。

それにそもそも、俺以外じゃまともに扱えない力だし。

「それは火事場の馬鹿力。そのすごい版を使ったからですよ」

「火事場の馬鹿力……ですか?」

「ええ。火事場の馬鹿力を、技術として昇華されたものを使ったんです。その出力も、普通の火事場の馬鹿力とは比べ物になりません。ああでも……その分反動が大きいんで、不死身である俺以外が使った場合は高確率で命を落とすことになりますが」

最後に死ぬと付け加えたのは、じゃあその技術を教えてくれと言わせないためだ。

一発芸の自爆技のために、わざわざカイザーギルドも大金を払ったりはしないだろう。

「というわけで……持っていない情報なので、お売りすることはできません」

これで納得してくれれば万々歳なのだが……まあそうはいかないよな。

柏木は、これでもかと胡乱《うろん》な目を俺に向けているし。

「なるほど……この額では、情報は売れないというわけですか」

どうやら彼は、俺の断りを値段の吊《つ》り上げと考えたようである。

まあ実際、情報があったとして、それをしないのかと言われればあれなので、俺の理由を端から無視するのなら、柏木の判断は妥当と言えなくもない。

「いえ、冗談抜きで情報はないってことです。なので、仮に目の前に百億積まれたとしても、こっちとしては売りようがないんですよ。残念なことに」

「百億ですか……確かに貴重な情報ではありますが、さすがにそれは欲張りすぎではありませんか？」

百億は仮の話だったんだが、柏木は百億出せと受け取ってしまったようだ。

「いや……百億ってのは、どれだけ出してもって意味で……」

「わかりました。ここは一旦引き下がりましょう」

柏木が俺の言葉を遮り、席から立ち上がる。そして――

「後日、改めて伺います。ですが……その時は恐らく、顔様はノーとは言えないでしょう。では、失礼します」

そう脅迫じみた捨て台詞《ぜりふ》を吐いて、彼はカフェから出ていってしまった。

追いかけようかとも思ったが、止めておく。

恐らく聞く耳を持たないだろうし。

「全く、勘弁してくれよ」

誤解されたまま終わってしまった。

しかも次は断れないとか言ってやがったし……あの野郎、何をするつもりだ？

雰囲気的に『百億以上ご用意しました！』じゃないのだけは確実だが。

「面倒くさいことになっちまったな」

カイザーギルドは大きな組織である。

そんな所を敵に回せば、絶対ろくなことにはならない。

「仕方ない。あんまり気は進まないが……」

荒事で俺が痛めつけられるだけなら、大した問題ではない。

痛みには慣れているので、無視して後々報復すればいいだけだ。

問題なのは、その矛先が家族に向いた場合である。

そうなった場合、今の俺じゃ阻止するのは難しい。

「あいつに頼んでみるか……」

だが俺の中で、大手ギルドが相手だろうと軽く対処できそうな奴が一人、いや、一匹だけ心当たりがあった。

そう、魔竜アングラウスだ。

「あいつは俺との再戦を望んでるからな。横槍で強くなることに集中できないって言えば、たぶん力を貸してくれるはずだ」

最悪、あいつに暴れてもらえばカイザーギルドの壊滅も難しくはないだろう。

まあもちろん、それは本当に最悪の場合の話だが。

「あいつに母さんや憂のガードについてもらえれば、命のストックもあるし、よほどのことがない限り二人は大丈夫なはず」

そう結論を出して席から立ち上がったところで、俺はあることに気づく。

「あいつ、支払いしてやがらねぇ」

柏木とのやり取りの結果に比べれば、それは極些細なことだ。

さっき受け取った二百万から、ちょろっと払えばいいだけのことでしかない。

そうは思っても、なんかイラっとする。

ひょっとして、俺って器の小さい人間なんだろうか？

いや、そんなことないよな？

◆◆◆

「ふぅ……」

三つ目の命の接続が終わり、俺は一息ついた。

回帰前に戻るにはまだまだ先は長いが、とにかく今は地道にやっていくしかない。

『マスター！　祝いのマヨネーズを所望じゃ！』

「わかったよ」

俺がマヨネーズを袋から出して封を外すと――

「アイラブマヨネーズ！」

ぴよ丸が俺の体から飛び出してきて、そのままベッドの上に転がる。

立ち上がろうとさえしないその体形は、限りなく球体に近く、語尾に『ぶひぃ』とか付きそうな感じがすごい。

……ますます太ってきたが、まあ気にしないことにしよう。

融合さえしていれば健康被害はないはずだから。

「うまうまうまうま」

片手で持ち上げ、その嘴にマヨネーズの噴出口を突っ込んでゆっくり絞ってやると、ごくごくと喉を鳴らしながら、ぴよ丸が美味そうにマヨネーズをする。

こうやってる時はまあ、可愛らしくはある。

そう、黙っている間だけは可愛いのだ。

「悠。面白いネットニュースが載っているぞ」

「ん？」

アングラウスがタブレットの画面を肉球で叩く。

俺は何かと思い、その画面を覗き込んだ。すると――


『レジェンドスキルのデメリットに回避方法が!?』


という見出しの画面が目に飛び込んできた。

「こりゃあ……誰かが発見したってことか？」

「その誰かが問題だな。記事を見てみろ」

「なっ!?」

俺は記事に目を通し絶句する。

なぜならそこには、レジェンドスキル【不老不死】の所持者である顔悠――つまり俺が、デメリットの回避方法を発見したと書かれていたからだ。

「リーク元は……カイザーギルドか」

記事には、カイザーギルドが十億で情報の購入を試みたが袖にされ、百億請求されたと書いてある。

「吹っ掛けすぎとか、金の亡者と書かれているな」

記事には多くのコメントが寄せられていた。

貴重な情報なので、それくらいの価値はあると書かれていたりもするが、そういうのは極少数だ。

そのほとんどが批判コメントで、百億も要求するとか正気の沙汰じゃない、的なものがずらっと並んでいる。

「完全に悪者だな」

「それはまあ、どうでもいい」

有象無象の一般人になんと思われようがどうでも良かった。

面と向かって何かされるわけでもないからな。

だが、問題はデカデカとネットニュースになったことだ。

「マスター！　もう一本！」

ぴよ丸が空気も読まず、お代わりを求めてきた。

無視するとぎゃーぎゃーうるさいので、仕方なくもう一本マヨネーズを与えてやる。

「はぁ……厄介なことになったな」

「何が厄介なんだ？」

「ネットニュースの一面に載ったからな。間違いなくレジェンドスキル持ち連中の耳にこのことが届いちまう」

突破方法があるなら、彼らはその情報を喉から手が出るほど欲するはず。

レジェンドスキルの持ち主ってのは、一部の俺のような例外スキル持ちを除いて皆、強力な力を有している。

そういう奴らなので、当然大きなギルドや、国の機関や組織に所属しているのが大半だ。

地位も当然高い。

そんな彼らがどう動くか……

カイザーギルドのように情報を買おうとするだけなら問題はない。

もちろん、対応は面倒くさいが、実害はそれくらいである。

問題は、強引にでも情報を手に入れようとする輩《やから》や、組織が出てきた場合だ。

無理やり力ずくでも。そう考える奴らが出てきても不思議ではない情報だからな。

特に国外のやばい組織なら、冗談抜きで、手段を選ばず仕掛けてきてもおかしくなかった。

俺はそのことをアングラウスに説明する。

「なるほど、それは厄介だな。しかし解せん。カイザーギルドは情報を欲しがっていたのだろう？　こんな話を広めたら、競合が増えるだけじゃないのか？　そもそも、悠が連れ去られでもしたら、奴らは情報を手に入れられなくなるだろうに」

「情報の流布が、追い風になると考えたんだろ」

「なぜだ？」

「何を仕出かすかわからないような奴らに狙われる状況。その手っ取り早い回避方法が、カイザーギルドに所属することだからだ。要は……うちに所属すれば守ってやるって名分で、俺に契約を求めるつもりなんだろう。日本三大ギルドに所属すれば、他所の組織も迂闊《うかつ》に手を出せないし」

そんなふざけた真似をした所ではなく、他の大手に入ってしまう点をカイザーギルドは考慮しなかったのか？

してないだろうな。

なぜなら、三大ギルドでレジェンドスキル持ちがいるのは、カイザーギルドだけだからだ。

自分の所にスキル持ちが所属してないギルドは、他所と揉めるとわかっていて俺を受け入れたりはしないだろう。

そして、三大ギルドレベルじゃないと、海外の大手組織と渡り合えるだけの力がない。

つまり、俺には選べるだけの選択肢がないのだ。

少なくともカイザーギルドはそう思っており、この状態の方が、交渉が有利に運ぶと判断したのだろう。

「日本三大ギルドの割に、随分とせこい手を使うな」

「ああ、まあ上手い手なんだとは思う。もちろん……俺以外になら、だけどな」

カイザーギルドは、大きな勘違いを二つしていた。

一つは、俺がレジェンドスキルの突破方法を知っていると勘違いしている点だ。

だがそんなものはないので、奴らがどう立ち回ろうと情報は手に入らない。

そしてもう一つは——

「というわけで、借りをもう一つ頼んでいいか？」

「家族だけではなく、自分まで守れと？　厚かましい奴だな。自分の身ぐらい守れんのか？　不死身だろうに」

俺のすぐそばに、化け物と言って差し障りのないアングラウスがいる点だ。

ちなみに、母さんや妹には、数日前からアングラウスの不可視の分身が付いている。

何かあった時、守ってもらえるよう俺が頼んだからだ。

カイザーギルドの捨て台詞があったからな。

「死なないだけで、捕縛されたらどうしようもないんだよ。せめて命が七つくらいになるまでは頼む」

七つもあれば、Sランクとだって普通に戦えるようになる。

そのレベルになれば、不死身という特性と合わせて、よほどのことがない限り襲われても逃げ切ることぐらいはできるようになるはずだ。

「安心しろ。お前のことは母親から頼まれているからな。それに……育ち切ってもらわんと話にならん」

「ありがとう。助かるよ」

「マスター！　お代わり！」

「へいへい」

俺は言われるままに、三本目のマヨネーズをデブ丸にチャージする。

◆◆◆

――Sランクダンジョン『迷宮』。


その最奥にある広大なエリアには、全身を分厚いプレートアーマーですっぽりと包み込んだ巨大なミノタウロスが、ボスとして君臨していた。

フルアーマー・ミノタウロスバトラーと呼ばれる、レベル二千の魔物だ。

今その迷宮の主たるフルアーマー・ミノタウロスバトラーと、一人の女性が戦っていた。

女性はカチューシャを着けた、青のショートカットに可愛らしい顔立ちをしている。その服装は、最低限の部分以外はむき出しに近い身軽な物だった。

とてもではないが、Sランクダンジョンのボスと戦う出《い》で立ちではない。

だが――

「ぐもぉぉぉぉぉぉ!!」

ダンジョンボスの音速を軽く超える突進。大質量を伴うその攻撃は、人が喰らえば跡形もなくミンチと化すことは疑いようがない。

「よっと！」

だが彼女はそれを跳び箱でも跳ぶかのように、ミノタウロスバトラーの頭部に両手をついて軽やかに跳び越えてみせた。

さらには、そこから空中で素早く体を捻《ひね》り、敵のがら空きの背中に回し蹴りまで叩き込んでしまう。

完全に人間離れした、とんでもない動きである。

「ぐるがぁ！」

蹴りを受けたミノタウロスバトラーが、苦痛の雄叫びと共に前方に大きく吹き飛んだ。

女性とダンジョンボスの体格差は、重量で言うなら、軽く十倍以上はあるだろう。

しかも、相手はレベルが二千を超える化け物である。

にもかかわらず、彼女はまるでボールでも蹴り飛ばすかのように、容易くその巨体を蹴り飛ばしてしまった。


そんなとんでもない身体能力を持つ女性の名は十文字昴。

彼女はレジェンドスキル【十倍】を持つ、世界ランキング二位に位置する攻略者だ。

「ぐるるぅぅぅ……」

フルアーマー・ミノタウロスバトラーがよろよろと起き上がってくる。

よく見るとその身に着けている重装甲の鎧は凸凹にへこんでおり、さらに出血しているのか、各部から青い血がしたたり落ちていた。

その姿は、まるで満身創痍《まんしんそうい》であるかのように見える。いや、現に満身創痍なのだ。

普通の攻略者では、挑戦を考えることすら傲慢《ごうまん》ととられかねないSランクダンジョン。

人を遥かに超えた超人のみが挑むことのできるその場所で、ボスであるフルアーマーミ・ノタウロスバトラーを十文字昴は単独で圧倒していた。

これは世界ランク二位に位置する彼女だからこそ、できる芸当と言えるだろう。

「さて、そろそろトドメといこうかな。みんな、見ててね！」

余裕の表れからか、十文字はボスから目を離し、別の場所へと視線を向け手を振る。

そこには十文字と全く同じ背格好、同じ顔をした女性が立っていた。

その女性の右手にはスマホが握られており、カメラが十文字の方に向けられている状態だ。

さらに左手には、タブレットのような物まで持っている。

とてもSランクダンジョンに挑む出で立ちに見えないその女性は、十文字がユニークスキルによって生み出した分身だった。

そしてその分身がやっているのは、生配信のための撮影である。


通常、ダンジョン内に電波は届かない。

だが、マジックアイテムである特殊なタブレットを使えば、外部の電波と繋ぐことが可能となっている。

十文字の分身はそれを利用し、自らの本体がSランクダンジョンを攻略する姿を、リアルタイム配信しているのだ。

「炎と氷より生まれし……双極の精霊よ。我が呼びかけに応え、刃《やいば》となって降臨せよ！」

十文字が両掌を強く打ち合わせる。『パン』と乾いた音が響き、その隙間から強烈な光が溢れ出す。

そして彼女がその合わさった両手を離すと、その中から、凍《い》てつく青い炎をまとった魔剣が姿を現す。

これは彼女の持つユニークスキル、【魔剣精製《ソードプロデュース》】によって生み出された剣だ。

発動者の込める魔力次第で威力が増すこのスキルは、十文字のでたらめな魔力によって、とてつもない破壊力を秘めた武器を生み出す。

ちなみに、彼女が唱えた文言に特に意味はない。

ライブ配信を見ている視聴者に向けての、ただのパフォーマンスである。

「冷たい炎に抱かれて眠りなさい！【クイーンズスラッシュ】！」

十文字は、瀕死のフルアーマー・ミノタウロスバトラーに突っ込み、跳躍から強力な斬撃スキルを発動させる。

【クイーンズスラッシュ】は、女性限定で習得できるコモンスキルだ。

コモンスキルではあるが、Sランクダンジョンボスのレアドロップであるスキルブックでのみ手

に入る入手難度の高さからか、その破壊力はユニークスキルに匹敵すると言われている。

「ぶもぉぉぉぉぉぉ‼」

フルアーマー・ミノタウロスバトラーは両手を頭上で交差し、その一撃を受けようとするが――

十文字の必殺の一撃は、まるで粘土のおもちゃを引き裂くかのように、ミノタウロスの巨体を真っ二つにしてしまう。

「お……ぉぉ……」

強靭《きょうじん》な生命力を持つミノタウロスバトラーも、さすがに真っ二つにされたのでは助からない。

引き裂かれたその肉体は青い炎に包まれ、凍って地面へと崩れ落ちる。

「かっちー！」

「へーい！」

撮影していた分身が本体に駆け寄り、十文字たちはセルフハイタッチする。

その行動になんの意味があるのかと問いたくなるが、まあ若者特有の、気分が盛り上がっての行動なのだろう。

「みんなー、Sランクダンジョンの攻略を見てくれてありがとー！」

十文字がスマホに――その向こうにいるであろう、ライブ配信の視聴者に向かって声をかける。

平日の昼間にもかかわらず、タブレットに表示された同時接続視聴者数は百万を軽く超えていた。

とんでもない視聴者数だが、十文字の『売店』チャンネルは登録者数二千万人を超えるメガチャンネルであるため、これでも控えめな方だったりする。

「後で編集した動画も上げるから……ん？」

タブレット上に表示された画面は、滝のようなコメントの流れで埋め尽くされていた。

常人ではまともに読むこともできないほどの、でたらめなコメント数。だが、超人と呼んで差し障りのない十文字には、その全てが見えていた。

そしてコメントの中にある情報に気づき、彼女は目を見開く。それは――

『レジェンドスキルのデメリットを消す方法が見つかった』というものだった。

◆◆◆

私が覚醒したのは、十六歳の時だ。

その際に手に入れたレジェンドスキル【十倍】は、明らかに破格の効果を持っていた。

そして破格であったがゆえに、そのデメリットもまた、致命的なものとなっていた。


――寿命が十分の一。

当時の私は、当然だが、そのデメリットに絶句した。

何せ、自身が三十まで生きられないと宣告されたわけなのだから、当たり前の話である。

「よし！　決めた！」

数日。両親や友人に相談できず、学校も休んで、茫然《ぼうぜん》自失《じしつ》で過ごした私は一つの答えへと辿り着く。


嘆いたところでどうにもならないのなら。

長く生きられないのなら。

それならば、激しい閃光のように生きよう、と。


誰にも負けないほど、輝く人生を送り。

そして世界に私を、十文字昴の名を刻みつけてやる。

そう決めた私は、自分のことを両親や友人たちに話し、そして学校を辞める。

短い人生を攻略者として駆け抜けると決めた私には、学校での学びはもう必要なかったからだ。

「ぜひうちに！」

「いやいや我がギルドに！」

攻略者協会に登録すると、すごい数の勧誘があった。

寿命が短いとはいえ、破格の効果を持つレジェンドスキル持ちは、彼らには魅力的に映ったのだろう。

だが、私はそれらを全て断った。

少ない人生を周りに合わせていたのでは、目指す頂《いただき》には駆け上がれないと思ったからだ。

「はぁ！」

初めてのダンジョン探索に挑み、そこで遭遇した魔物を、私は苦もなく剣で切り捨てる。

レジェンドスキルによる圧倒的なステータスもあったが、祖父が剣術家かぶれで、子供の頃から剣術を習わされていたのが大きかった。

まさか、嫌々やらされていたあれが、こんな形で役に立つとは思いもしなかったことだ。

ソロ攻略者としての活動は順調に進んでいく。

レジェンドスキル【十倍】の効果は素晴らしい。

ステータスの爆増。レベルアップのしやすさ。一を聞いて十を知るような学習能力。

さらにこの【十倍】は、レベルアップ時のスキル習得率にも影響していた。

レジェンドスキルやユニークスキルと違い、コモンスキルはレベルアップ時に取得できるようになっている。

まあ、レアアイテムのスキルブックを使っても習得できるけど、それは置いておこう。

一般的にスキル取得は、レベル二十から三十に一つ程度の割合と言われているが、【十倍】はそのコモンスキルの取得率も十倍にしてくれていたのだ。

おかげで私は、数レベル上がる度にスキルを取得することができた。

ソロだとやることが多いので、大量のスキルを取得できるのは本当にありがたい。

何せ、スキルの数は汎用性に直結するから。

そしてダンジョンでの狩りに慣れてきた私は、ユニークスキルの【分身】を使って自らを動画に収め、配信サイトであるヨロチューブに投稿するようになる。

自らの生きた証を残すために。

ちなみに、チャンネル名は私の代名詞とも言えるレジェンドスキル、【十倍】をもじって、売店にしておいた。

親しみやすい、いい名前でしょ。

◆◆◆

ダンジョン探索は好調。

順調にレベルとランクが上がっていき、チャンネル登録者も、もりもり増えていった。

さらに、Aランクダンジョンボスからレアドロップである特殊なタブレットを入手し、それ以降はライブ配信にも手を出すようになる。

それが受けてか、登録者数は鰻《うなぎ》上り状態に。

投稿動画は数あれど、高ランクダンジョンのライブ配信というのは、ほとんどないのが大きかったようだ。


攻略者生活四年。

気づけばチャンネル登録者数は二千万人を超え、私は協会が発表している世界ランキングでは、二位に名が載るようになる。

生活も充実しており、正に順風満帆だった。

だったが……

「うぅ……はぁ……く……はっ⁉　夢か……」

だが、時折私は悪夢にうなされるようになる。自分が死ぬ夢だ。

どれだけ順調だろうと、私の残りの人生は、恐らくもう五年も残ってはいない。

刻一刻とタイムリミットが近づくにつれ、悪夢を見る頻度が増えていく。

……怖い。

今消えても、これだけ有名になったのだから、皆は私のことをきっと暫くは覚えてくれているだろう。

それにこのまま順調にいけば、いずれ私が最強の攻略者になることだって可能なはずだ。

これはある程度満足できる結果と言えるし、そこに不満はない。

――でもやっぱり怖かった。


死ぬのが怖くて怖くて、仕方がなかった。

「泣き言を言っても、しょうがないよね」

私はそれまで以上に、一心不乱にダンジョン攻略に打ち込む。

死への恐怖を振り払うように。

もちろん、そんなものはただの誤魔化しでしかない。

だが、それでも私は走り続けるしかなかった。

だってどうしようもないことだから。


――そんな私に、一筋の光明が差す。


「みんなー、Sランクダンジョンの攻略を見てくれてありがとー！　後で編集した動画も上げるから……ん？」

それは迷宮と呼ばれる、Sランクダンジョン攻略後の視聴者からのコメントに含まれていた。

最初はまた、質《たち》の悪い悪戯《いたずら》コメントかとも思ったけど……それを肯定するコメントが滝のように流れたことで興味を持ち、私はすぐにネットでそのことを検索する。

するとーー

『レジェンドスキルのデメリットを消す方法が見つかる！』

という煽《あお》り文句が、ネットの検索一覧にずらりと並ぶ。

レジェンドスキルのデメリットが消せる。

それは正に衝撃的な情報だった。

もしそれが本当だったなら、私の残りの寿命を延ばすこともできるはずだ。

「よし！　行くしかないよね！」

ひょっとしたら、間違った情報の可能性だってある。

でもここで動かないなんて選択肢はない。

私は早速、顔悠という攻略者の情報を集めだす。


どうやって調べたのか知らないが、あの後スマホが鳴りっぱなしで、俺は番号を変える羽目になっていた。

もちろん、内容はギルドからの勧誘や、情報購入の問い合わせだ。

その中には、海外ギルドからのものまであった。

「顔様、お時間の方、少しいただけませんでしょうか」

その原因を作ったカイザーギルドのエリアマネージャー、柏木豊が、ニュースに載った翌々日に、ごつい男を連れて俺の家を訪ねてきた。しかも満面の笑顔で。

いい面の皮だよ、全く。

「カイザーギルドからのお誘いは、お断りしたと思いますけど？」

「顔様も、もうご存じかと思われますが……どうやら当ギルドから顔様の情報が漏れてしまったようでして。そのお詫びと、そのことで発生すると思われる被害を防ぐためにも、ぜひ我がギルドに所属していただけないかと。本日はその打診に伺わせていただきました次第です」

「被害ですか？」

「日本では考えられないことですが、海外なんかですと、レジェンドスキルの突破方法を得るためなら手段を選ばない……そう、非合法な真似を平気でするような組織が存在しています。顔様は、今後そういった組織に狙われるリスクが発生するかと」

「そりゃ怖いですね」

「情報の出元は、我々カイザーギルドです。不法行為ではないとはいえ。そう、不法行為ではないとはいえ。道義的に考えた場合、我がギルドで顔様を保護するのが妥当かと思いまして」

不法行為ではない部分を、柏木が無駄にアピールしてくる。

まあ確かに、別に不法行為ではないな。

名誉を棄損するようなものならともかく、スキル関係の情報を第三者に流してはいけないなんて法律はないし。

「それでカイザーギルドに入れと？」

「はい。それが現状、最もベストかと。他の国内のギルドでは、顔様を守り切ることは難しいと思われますので。情報漏洩《ろうえい》の失態を挽回する意味を込めて、契約金は前回の二倍用意させていただいております。どうかご再考を」

百億じゃねぇのかよ！

と言いたいところだが、百億払えるなら、そもそもこんな小細工はしてないわな。

それにしても、人ん家《ち》の玄関先でペラペラとよく喋る奴だ。

まさか交渉が上手くいって、そのまま家に入れてもらえるとか厚かましいことを考えてないだろうな？

「必要ありません。お引き取りください」

俺は柏木の交渉に、ハッキリとノーを突きつける。

何せ俺には、最強の用心棒がいるからな。

カイザーギルドのちゃっちい庇護《ひご》など不要である。

「へ？」

俺の答えを聞いて、柏木の笑顔が『え？　こいつ何言ってんの？　意味わかんないんですけど？』といった感じの間抜け顔に変わる。

「聞こえませんでしたか？　カイザーギルドの庇護はいらないと言ったんです」

「い、いやしかし……顔様は軽く考えているかもしれませんが、海外のギルドは本当に何を仕出かすかわからない相手なんですよ。百億なんて巨額を払って、情報を円満になんてことには決してなりません。ですから……」

「結構です。お引き取りください」

話が終わったので玄関を閉じようとしたら――

「不死身だからって、なんでも自分の力でどうにかできるって思わない方がいいぞ」

それまで黙って柏木の横に立っていた男が、ドアに手をかけてそれを邪魔してくる。

「なんのつもりだ？」

「不死身で殺せないからって、高を括《くく》ってるみたいだが……相手を拘束して、延々拷問を続けるって手だってあるんだぜ？」

面白い冗談だ。

アングラウスを倒して、俺を誘拐できる奴がいるなら見てみたいものである。

「問題ないんで、扉から手を放してくれるか？」

「問題ないなら、玄関扉ぐらい自分の力で閉じれるだろ？　その程度もできないんじゃ、自衛は夢のまた夢だぜ」

男は玄関扉から手を放そうとしない。

こちらを見下したように見ているので、そこそこランクの高い攻略者なのだろう。

なので、今の俺が全力で引っ張っても扉を閉じるのは恐らく無理だ。

まあ仮にできたとしても、攻略者同士が引き合いなんてしたら、家の扉がぶっ壊れてしまうからしないが。

「顔様。危険な海外のギルドや組織から身を守るためにも、ぜひご再考を」

営業スマイルに戻った柏木が、しつこく勧誘してくる。

やってることは完全に押し売りだ。

「やれやれ……おいアングラウス、こいつらを追い払ってくれ」

俺の呼びかけに、アングラウスが猫の姿のままでこちらにやってくる。

それを見て――

「ははは。おいおい、まさかその猫に言ったんじゃないだろうな？　俺たちを追い払えって」

男が笑う。

まあ笑ってられるのも今のうちだけだ。

すぐに思い知ることになるだろう。

「死んだり、怪我をさせたりしない感じで頼む」

アングラウスには加減するよう頼んでおく。

ダンジョン内とかならともかく、玄関で殺人などしてもらっては困るからな。

当然、大怪我させるのも駄目だ。

「やれやれ。面倒な頼みをしてくれるな」

「猫が喋った!?　こいつ使い魔か!?」

「悪いけど頼むよ」

無理と返ってこなかったので、手段はあると判断する。

「仕方ない」

アングラウスが、面倒くさげに尻尾を地面に叩きつける。すると——

「ひぃぃぃぃぃぃ……」

「あ、ぁぁ……」

二人の様子が激変した。

男はドアから手を放し、恐怖に目を見開いて、体を震わせながら後ずさりする。

柏木に至っては、その場に尻もちをついてお漏らしした。

……人の家の玄関前で、漏らすなよな。

取りあえずドアがフリーになったので、俺は閉じてからアングラウスに尋ねた。

俺にはこいつが何をしたのかさっぱりだ。

「どうやったんだ？」

「なに、殺気を放ってやっただけだ。あの二人にピンポイントにな」

魔竜の殺気か。そりゃ、一般人っぽい柏木じゃ耐えられないわな。

漏らすわけだ。

「なるほど……そいつは器用だな、まあこれからもあんな感じで頼むよ」

「面倒くさい頼みだな。ゴミは始末した方が手っ取り早いだろうに」

「なんでもかんでも、殺して終わりってわけにはいかないんだよ」

あからさまに相手が殺しにかかってきたなら、正当防衛も成り立つだろう。

だがさっきぐらいので殺してたら、俺が刑務所にぶち込まれることになってしまう。

「まあでも……母さんや憂の場合は少し強めにやってくれて構わない。最悪、殺すことになってもいい」

二人には、アングラウスの分身が見えないようにくっ付いている。

本体ほどの力はないそうだが、それでもレベル五千相当だそうなので、どんな奴らが来ても問題なく対処してくれるだろう。

とはいえ、手段を制限してしまうと万一のこともあり得た。

なので二人の警護に関しては、制限は緩めにしておく。

何かあってから後悔するのは、もう真っ平だからな。

「さて……それじゃあぴよ丸を叩き起こして、ダンジョンに行くとするか」

次に向かうのはCランクダンジョンだ。

第六章　目覚め

――Cランクのダンジョン『草むら』。

ゲートを抜けると、腰まである草が密集して視界一面に生えており、だだっ広い空間がただただひたすら広がっていた。

「なるほど……こりゃ人気がないのも頷《うなず》けるな」

出てくるのは虫型で、その全てが草よりも体高が低い。

そのため、近づくまで魔物の発見が困難で、ここは非常に奇襲されやすいダンジョンとなっていた。

しかも三百六十度に広がるタイプの広域空間型ダンジョンで、周囲にめぼしい目印がないため迷いやすく、それに加えてボスが徘徊《はいかい》型で、どこにいるかわからないときている。

正に悪条件の目白押しだ。

希少な感知や探索系スキル前提のダンジョンじゃ、そりゃ人気が出るわけもない。

ちなみに、俺がここを選んだのは水溜まりと同じ理由だ。

人が寄り付かなきゃ、高確率でボスを狩れるからな。

ここでボスを狩って、さっさとランクを上げさせてもらう。

え？　ボスが徘徊型なら、見つけるのは難しいんじゃないか？

それなら問題ない。

なぜなら、アングラウスには強力な探索能力があるから。

ダンジョンを出たアングラウスがピンポイントで俺を見つけられたのも、それがあったからこそである。

「ボス位置の探索頼む」

草むらが鬱陶しいためか、アングラウスは背中から翼を生やし、猫の姿のまま飛んでいた。

「ふむ、自分で探す気はなしか」

「スキルがない俺が探すのは、完全に運任せだからな。そんなことしてたら、いつ見つかることやら」

ここを選んだのは、完全にアングラウスの能力ありきだ。

それがないなら、別の所に行っている。

「運も実力のうちなのだがな。まあいい」

アングラウスの眼が赤く光る。

「このダンジョンで、最も大きな魔力の気配はあっちだ」

アングラウスの指し示す方向に俺は走る。

スタミナは【不老不死】のおかげで無限なので、疲れは気にする必要はないからな。

さっさとボスまで直行だ。

　道中、草むらの中から虫型の背の低い魔物たちに何度も襲われてしまうが、命が四つ使える今の俺にとって、Ｃランクの魔物ごとき敵ではない。

　適当に蹴散らしながら進んでいくと――

『ふぉぉぉぉぉぉ！　来た来た――!!』

　ぴよ丸が唐突に奇声を上げる。

「何が来たんだ？」

　どうせしょうもないことだろうとは思いつつ、俺は足を止めて尋ねた。

『進化の時じゃ！　ワシの時代が来た！』

　進化？　こいつ、進化なんかするのか？

「マスター！　奇跡の瞬間をその目に焼きつけ、時代の生き証人になるがいい!!」

　ぴよ丸が勝手に融合を解いて体から出てきたので、俺はそれを片手でキャッチする。

「さあ！　伝説の始まりじゃい！」

　ぴよ丸の体が輝いた。するとそのシルエットが丸々とした球体から、ヒヨコっぽいものへと変わっていく。

　その状態を一言で言うなら――

「単に痩せただけじゃねぇか？」

「ふっふっふ、わかっとらんのう。ならば刮目《かつもく》して見よ！　アルティメットブリンク！」

　叫ぶと同時に、ぴよ丸の姿が消えた。

「――っ!?」

そして右肩に何かが乗っかる感覚。

慌てて視線を横に動かすと、俺の肩の上には、偉そうに胸を張るぴよ丸が乗っていた。

どうやらぴよ丸は、転移能力を手に入れたようだ。

「これがワシの新たな力じゃ！　名付けてアルティメットブリンクじゃい！　アルティメットブリンク！」

再度姿が消え、今度は左肩に。

「おおおおお！　アルティメットブリーンク!!」

今度は頭の上に。

「もういち……ど。アルティメットブリ……ブリ……むり……」

頭の上から転げ落ちてきたぴよ丸を、俺はキャッチしてやる。

どうやら三回が限界のようだ。

俺の手の中では、ぴよ丸が白目をむいてぴくぴく痙攣《けいれん》していた。

まさかこのまま死んだりしないだろうな？

「世話のかかる奴だな。回復してやろう」

アングラウスがぴよ丸に魔法をかける。

どうやらこいつは、回復の魔法も使えるようだ。

まああまり得意ではないのだろうが。

もし得意だったなら、回帰前の俺との戦いでも、バンバン使っていたはずである。

だがアングラウスは使ってこなかった。

魔法を使って回復する手間と、受けるダメージが釣り合っていなかったからだろう。

「ワシ！　大復活！　アルティメ――ほげっ!?」

ぴよ丸が回復した途端転移しようとするが、それをアングラウスが前足で押さえつけて止める。

「転移したいなら、悠と融合してからにするがいい。それなら疲労で気絶する心配もないだろう」

「名案じゃ！　マスター！　さっさとミラクルドッキングじゃ！」

自分から勝手に融合を解いておいて、〝さっさと〟ときたか。

本当に無軌道な奴である。

『アルティメットブリンク！』

融合したぴよ丸が転移を使う。

すると俺の体が、元いた場所から十センチほど離れた場所へと瞬間移動した。

「これが転移か」

『転移ではない！　アルティメットブリンクじゃい！』

再び体が転移する。今度も十センチほど。

『そしてマスターとワシの力が合わさった今！　これはアルティメットを超えたアルティメット！

ダブルアルティメットブリンクへと至る！　アルティメットブリンク!!』

ダブルアルティメットってなんだよ？

あと、ダブル要素速攻で消えてるぞ？
まあそれをいちいち指摘したりはしないが。
こいつにはするだけ無駄だからな。
『アルティメットブリンク!!』
ぴよ丸が転移を連続で発動する。
それが十回ほど続いたところで、俺は口を開いた。
「なあ……もうちょっと距離は出ないのか？」
ぴよ丸の転移は、全て十センチほどだった。
たぶん聞くまでもないとは思うんだが……。
『ふふふ、いい質問じゃ！　ハッキリ言おう！　無理!!』
やっぱりそうだった。
どうやらこの転移は、十センチが限界のようである。
「じゃあ移動には使えないな」
転移距離が長ければ、便利な移動手段になっただろう。
だがこの転移距離じゃ、それは望めない。
戦闘面に期待……も、あんまりできないか。
そもそも俺、敵の攻撃を回避する必要がないからな。
攻撃面で考えても、距離的に背後に回って攻撃とかできないだろうし。十センチじゃ。

有効活用どころか、下手に使われると逆に邪魔になりそうだな、これ。

生かすとするなら、まあ要練習か。

「取りあえず……ピョンピョン飛ばれると鬱陶しいから、無意味には使うなよ」

『マスター！　この世に無意味なものなどない!!』

いや、ある。

少なくとも、ぴよ丸の無駄転移は完全に無意味だ。

「悠よ。急いだ方がいいぞ」

「ん？　なんでだ？」

「どうやらダンジョンボスが戦闘に入ったようだ」

「マジか……」

ここのボスなら、確実に遭遇できると思ってこのダンジョンを選んだというのに、完全に無駄足になってしまった。

「そうがっかりするな。急げば、前みたいに混ぜてくれるだろう」

「また前みたいに？　ひょっとして、戦ってるのは……」

俺がボス戦に混ぜてもらったのは、過去に一度だけである。

そして、前みたいにってことは……

「ああ。姫ギルドの奴らだ」

またかよ。なんで被《かぶ》る？

まあダメ元で行ってみるとしよう。

『マスター！　アルティメットブリンクの出番じゃな！』

「うん、余計なことはすんな」

走ってる最中に、ピョンピョン転移されては敵わない。下手したらすっころんでしまう。

「やったらマヨネーズ抜きな」

『ふぁっ⁉』

俺はぴよ丸に釘を刺し、急いでボスへと向かうのだった。

◇◇◇

「こりゃまた奇遇ねぇ」

「どうも……」

Cランクダンジョン『草むら』のボスは、でかいバッタである。

その名もキリングバッタ。

硬い外骨格を持ち、素早いジャンプと短時間の飛行で暴れ回る魔物だ。

攻撃方法自体は飛び掛かりからの噛《か》みつきに、キックや体当たりと、至ってシンプルでわかりやすく、対処しやすい。

なら弱いのかというと、そんなことはなかった。

一定時間ごとに周囲に召喚されるお供の子バッタが厄介で、一気に倒し切る火力か、取り巻きを始末できるだけの手数がないと、相当手間取ることになる相手だ。

そのキリングバッタを相手取っているのは、ピンク髪の小柄な少女。

ちび姫こと、姫路アリスである。

そしてその保護者として、以前と同じく、岡町と幸保が離れた場所で彼女を見守っていた。

「この前見た時からそんなにたってないのに、随分動きが鋭くなってますね、彼女」

姫路アリスの動きは、見違えるほど良くなっていた。

それほど日数もたっていないので、そこまでレベルは上がっていないはずなのだが……

「ああ、それはちび姫のユニークスキルの効果よ」

「ユニークスキル【燃《も》える闘士《とうし》】。自分より強い相手と戦うと、その分ステータスに補正がかかるスキルだ」

「強ければ強いほど、効果が上がるのよ。それと、入手経験値も増えるわ」

「それはまた……優秀なスキルですね」

ここに来るまでに、俺は考えていた。なぜ連続して、姫ギルドの育成とかち合ったのか、と。

そして出した結論は、俺と同じ目的。つまり――

「ひょっとして、彼女も証狙いなんですか？」

高速ランクアップだ。

アリスの持つユニークスキルは、戦う相手が強ければ強いほど有効になる。

ならさっさと高ランクに上がった方が、いろいろと捗《はかど》るというもの。

だからさっさとランクを上げようとして、見事に俺と被ったというわけだ。

「まあな。そう言うお前さんも、ひょっとしてそうなのか？」

「ええ、そんなところです」

「にしても……その猫ちゃんって飛べるのねぇ」

「まあ使い魔ですから」

使い魔だから変形するし飛べる。

この一言で片付くのは楽でいい。

「ところで……」

俺は戦うアリスの方に視線をやる。

キリングバッタとの戦況は、ほぼ五分といった感じだ。

素早い立ち回りは危なげないもので、お供の子バッタも上手く処理できている。

だが、硬い外皮に阻まれてか、ボスにはあまりダメージが通っていないようだった。

一言で言うなら、提灯陸アンコウの時と同じ感じである。

「できたら今回も、ボス戦に参加させてもらえたらありがたいんですけど。今回はドロップはいらないんで」

この手の戦いでは、一進一退の長期戦になると、基本的に人間の方が不利になる傾向が強い。

魔物の大半がスタミナ面で優れているからだ。

なのでこのまま戦いが続けば、いずれ姫路アリスが押されだすことになるはず。

そうなれば保護者である岡町たちの出番なわけだが、その役を代わりにやらせてくれと俺は二人に頼んでみた。

「うちのギルドに入ってくれるんならオッケーよ」

岡町が勧誘を口にする。

けどその口調と表情から、それが冗談だということがすぐにわかった。

しつこく勧誘する気はないようだ。

「岡町、冗談でもそんなせこいことを言うな。振られた相手に迫るなんざ、恥だぜ」

「幸保はほんと、お堅いわねぇ。それじゃモテないわよ？」

「ふん、大きなお世話だ」

「で、ボス戦参加なんだけど……お願いを二つ聞いてくれたらオッケーよ」

「二つ？　なんでしょう？」

「一つは、その使い魔ちゃんは戦いに参加させないこと。また一撃で魔物を倒されちゃうと、絶対ちび姫が嫌がるでしょうから」

「ああ、なるほど」

姫路アリスは、ボス戦に岡町たちが加わるのを嫌っているようだった。

それは強者に寄生することを良しとしない、プライドの表れだ。

だから強いとわかっているアングラウスの参加を、彼女は歓迎しないはず。

「わかりました。それでもう一つは？」

「今回、貸しってことで。いつか強くなったら、その時は一度私たちに力を貸してほしいのよ。まあ具体的には……SSランクダンジョンの攻略とか、ね。今のうちの面子だけじゃ、ちょーっと攻略は難しいのよねぇ。無理すれば行けなくないのかもしれないけど、その場合、被害が酷いことになっちゃうだろうから」

日本でSSランクダンジョンを攻略できているのは、三大ギルドだけである。

姫ギルドも大手だが、その三つと比較すると、どうしても所属している攻略者のトップ層の厚みが違う。

「もちろんその際は正式な報酬も払うわ。貸しだからタダで手伝えなんて、無茶は言わないわよ。ああでも、これは悠君が他のギルドに所属しないことが前提の話になるんだけど……カイザーギルドに百億なんて啖呵《たんか》を切ってるんだから、どこにも所属する気はないのよね？」

どこかのギルドに所属する意思があるのかどうか、岡町が聞いてくる。

単に助っ人を借りての攻略なら、三大ギルドに声をかければいいだけだ。

だがそれをすると、他のギルドとの共同攻略という形になってしまう。

だから岡町は、無所属の俺を助っ人として呼びたいのだ。

それならば、姫ギルドによる攻略と大々的に銘打てるから。

「安心してください。俺はどこにも所属する気はありませんから」

状況的に、どこかのギルドに所属するという選択肢は俺にはないからな。

「だから、その時は喜んでお手伝いします」

岡町の出した条件を、俺は快く受け入れた。

ＳＳランクダンジョンに挑む攻略者の力量や、ＳＳランクダンジョンがどういった場所かも少し気になるので、報酬をもらえるのならば断る理由はない。

……俺単独じゃ、Ｓランク以上は絶対入れないからな。

Ｓランクダンジョン以降は、Ｓランクの攻略者や、そういった攻略者が所属するギルドでないと入れない決まりになっていた。

だが、刻印で上げられるのはＡまで。

そのため、レベル一固定でソロの俺は、助っ人でダンジョン攻略に参加でもしない限り、高ランクダンジョンに入ることがないのだ。

「今回もよろしく頼む」

幸保に話を通してもらい、俺はアリスのボス戦へと参加する。

「猫はなしだからね！」

「ああ、わかってる」

アングラウス抜きだと、確定レアドロップが発生しないという問題があるが、そもそも今回は譲る予定なので気にする必要はない。

「ギチギチギチギチ！」

俺の参戦に反応して、キリングバッタがお供を召喚する。その数五匹。

さっきまでアリスが戦っていた時は三匹だったが、今回は二匹多い。

こいつは戦っている相手の数によって、召喚するお供の数を変動させるのでそのためだ。

『ワシの出番じゃな！　ファイヤーバード！』

ぴよ丸がスキルを発動させ、俺の指先から炎が迸《ほとばし》る。

その火勢は明らかに以前より上がっていた。

命が増えたことで俺の力が上がったのと、ぴよ丸が進化したことによる影響だろう。

「はっ！」

炎を剣に変えて握り、俺は手近な取り巻きの一匹を切り裂いた。

そこにキリングバッタが突進してくる。

「危ない！」

俺がそれを全くかわそうとしないので、アリスが声を上げる。

かわさないのは、別に不意をつかれて動けないからではない。

突っ込んできてくれるのなら、大歓迎なだけだ。

何せこちらは不死身なわけだからな。

なので俺から見たら、これは美味しいカウンターチャンスでしかないのだ。

「はぁ！」

俺は炎の剣を、突っ込んできたキリングバッタに正面から突き込む。

だが、剣が奴の顔面に刺さってもその突進は止まらない。

そのまま俺は奴の巨体によって吹き飛ばされてしまう。

「ぐっ……」

さらに奴は、倒れた俺に飛び掛かってきた。

胴体を前足で踏みつけられ、奴の鋭い咢《あぎと》が俺の顔面に齧《かじ》りつく。

「つぅ……」

『ミチミチ』という嫌な音と共に、顔の半分を食われてしまう。

だが俺はそんなことでは怯《ひる》まない。

受けたダメージなどお構いなしに、お返しとばかりに手にした炎の剣を奴の体へと突き刺す。

痛くないのかだって？　もちろんしこたま痛い。だがそれだけだ。

俺がエターナルダンジョンで過ごした一万年間は、こんなことの連続だった。

なんなら、三十秒に一回のペースで体を粉々にされ続けたなんてこともある。

それに比べれば、顔面を食われるぐらいどうってことない。

「今助けに！」

「俺は不死身だから気にしなくていい！　取り巻きを頼む！」

アリスが俺を助けるために駆けつけようとするが、それを制して、取り巻きの始末を頼む。

彼女から見ればピンチに思えたのだろうが、俺にとってこの状況は絶好の攻撃チャンスだ。

下手に手助けされると、折角の逆マウントが崩れてしまう。

「ぎぎぎぃぃぃぃ!!」

俺が不死身であることを知らないキリングバッタが、こちらを殺そうと狂ったように噛みついてくる。

その度に俺の体が噛み千切られるが、同じ数だけこっちも炎の剣を突き刺してやった。

……タフな奴だ。

かなり攻撃しているが、弱る様子はない。

奴は俺の上で狂ったように攻撃を続けてくる。

Cランクダンジョンのボスだけあって、耐久力はかなり高いようだ。

『マスター。ブリンク使って脱出する？』

ぴよ丸が俺の惨状に、心配そうに聞いてくる。

「いや、大丈夫だ」

ブリンクを使えば、この下敷き状態から脱出はできるかもしれない。

だが、それをした方が面倒なことになるからな。

なので気持ちだけもらっておく。

「あんたでラストよ！」

アリスの声にチラリと視線を動かすと、彼女が取り巻きを始末し終えるのが見えた。

アリスがキングバッタへの攻撃に取り掛かかれば、さすがにこいつもこの状態をキープしてはくれないだろう。

……そうなる前に、一気にダメージを与えて弱らせておくか。

俺はエクストリームバーストを発動させる。

実はこれまでの攻撃は手加減していた。

単独の高火力で倒し切るのは避けたかったからだ。

何せ、こいつはアリスの獲物なわけだからな。

『ふぉぉぉぉぉ！　みなぎってきたぁぁぁぁ!!』

パワーを全て炎の剣に収束させ、俺は勢いよくキリングバッタの胴体に突き込んだ。

「ぎぎゅあぁぁ！！」

さすがにこれは効いたのか、キリングバッタが慌てて飛び退く。

「はぁっ！」

そこに丁度駆けつけたアリスが、跳躍でキリングバッタの上を取る。

「喰らいなさい！」

突風が巻き起こり、彼女の全身が包まれた。

その姿はまるで竜巻だ。

「【スピアトルネード】！」

竜巻となったアリスは、隙だらけのキリングバッタの首元へと上空から突撃する。

「ぎぃぃぃぃぃぃぃぃぃ！」

それがラストアタックとなり、キリングバッタは地上に落下して消滅した。

「なかなか強力なスキル持ってるな」

ユニークスキルだろうか？

これまで使わず温存してきたのは、使う隙がなかった、もしくは消耗が大きいせいだろう。

まあ若干あっけない幕引きだったが、この終わり方ならアリスも文句は言わないはず。

自分の大技で倒したわけだからな。

「あんた、なんて戦い方してんのよ！」

とか思ってたら、アリスに怒鳴られてしまう。

なんてってのは、ダメージを無視して攻撃し続けたことだとは思うが……

「ん？　俺が不死身なのは知ってるだろ？」

俺が不死身なのは、アリスももう知っているはずだ。

それとも、岡町たちは俺のことを彼女に教えていないのだろうか？

「いや、それは聞いたから知ってたけど……罵られまくって、血みどろのあの戦い方はさすがに……」

「あの戦い方は、さすがにドン引きよねぇ。いくら不死身っていっても……」

こっちにやってきた岡町まで、人の戦い方にケチをつけてきた。

確かにスマートな戦いとはほど遠いが、不死身を生かした効率的な戦いだと自負している。

まあ、第三者から見たらちょっとグロイかもしれないが……命のやり取りなんて、そういうものだろうに。

「まあ見た目はともかくとして……不死身っつっても、痛みはあるんだろ？」

「ええ、まあ」

幸保の言う通り、もちろん痛みはある。

さっきもくっそ痛くはあったし。

だがまあ、慣れてしまえばどうってことはない。

「あんまり無茶な戦い方してると、体は大丈夫でも心がいかれちまうぜ。何事もほどほどにな」

「はぁ……」

一万年間、生きるか死ぬかの生き方をしてきた俺にとって、今さらな話である。

狂うなら、もうとっくに狂っていることだろう。

まあそれを話すわけにもいかないので、俺は生返事をしておいた。

「その心配ならいらないぞ。悠の【不老不死】のスキルは、精神にも影響しているようだからな。要は精神の方も不滅なのさ。だから痛みや苦しみで発生するストレスで、心が壊れたりする心配はない」

「そうなのか？」

「なんだ。自分のことなのに気づいていなかったのか？　いくら慣れているからといって、普通の人間が激痛に耐え続けてケロッとしてられるわけがないだろう」

「確かに言われてみれば……」

改めて考えてみると確かにそうだ。

今回の戦いぐらいはまあともかくとして、エターナルダンジョンの攻略はとんでもなくきつかったからな。

いくら叶えたい願いがあったとしても、精神力の強さだけであれだけの長い時間、痛みや孤独に耐えて正気でいられるはずもない。普通に考えれば。

なのでアングラウスの言う通り、【不老不死】には精神を不屈にする効果もあるのだろう。

「改めて強烈なスキルだな、【不老不死】ってのは。まあ取りあえず、余計なお世話だったわけか」

「まあでも、人と一緒に行動する時はあんまり無茶はしない方がいいわよ。見てるこっちの血の気が引いちゃうもの」

「気を付けます」

実際問題、人と組んでというのはほとんどないので、気にする必要はないかな。

アングラウスは一切気にしないだろうし、ぴよ丸もまあ大丈夫だろう。

何はともあれ、これで俺もCランクだ。


「Cランクの登録をお願いします」

俺はCランクダンジョン、『草むら』攻略の証である紋章を受付の女性に見せ、攻略者証を提出する。

「ランクアップ登録ですね。かしこまりました。えーっと、お名前は……あっ」

攻略者証に書かれた俺の名を見て、営業スマイル全開だった受付の女性が表情を変える。

「しょ、少々お待ちください」

そして内線を使い、どこかに連絡を取った。

「何か問題でも？」

「ああ、いえ。支部長が、顔様とぜひお話したいとのことでして」

「……」

内容はまあ、考えるまでもないだろう。

例のニュースになった、レジェンドスキルの突破方法についてだ。

攻略者を管理する組織なのだから、関連の情報に興味を持つのは当然のことだ。

そして権力や権限を持つ者が、それを利用してなんとか情報を得ようとするのも、至って普通のことである。

「すぐに支部長が参りますので」

「わかりました」

そんなことで『少々お待ちください』なんてやってないでサッサ仕事しろと言ってやりたい気分ではあるが、俺が来たら支部長に連絡するのも彼女にとっては仕事なのだろうと思い、止めておく。上に従うしかない末端である人間に、文句を言うのは理不尽以外の何物でもないからな。

「どうも初めまして、顔様。わたくし、この支部の責任者をさせてもらっている桂木《かつらぎ》と申します」

カウンターの奥の扉から出てきたのは、見事なバーコード状の禿《は》げ頭をした、人の良さそうな笑顔のおっさんだった。

まあ頼んでもないのに勝手にやってきて、自分の目的のために挨拶してくる奴が、いい人なわけもないとは思うが。

「俺に何かご用ですか？」

「実は……折り入ってお話しさせていただきたいことがございまして。もしよろしければ、少々お時間いただけないでしょうか？」

明らかに突き放す感じで尋ねたのだが、支部長は気にした様子もなく、朗らかな笑顔で用件を伝えてくる。

まあ支部のトップにまで上がった人間だし、ちょっと突き放した程度じゃ効かんか。

無視して去ろうにも、まだランクアップの登録は終わっていない状態だからなぁ……。

「お話というのは……例の情報をお伺いすることではございませんので、ご安心ください。どうかお話だけでも聞いていただけませんでしょうか？」

俺が渋い顔をしていると、支部長がそう言って頭を下げた。

レジェンドスキル突破に関して聞きたいんじゃないのなら、いったい何が話したいというのだろうか？

「わかりました。でも、手短にお願いします」

それがちょっと気になったので、取りあえず話だけ聞くことにする。

まあ違うと言っておいて、実はやっぱり情報のことって可能性もあるが。

「ありがとうございます。では、こちらにどうぞ」

支部長に応接室に案内され、勧められるまま俺はソファに腰をかける。

「それで？　お話というのは？」

「はい。実は、顔様にお会いしたいという方が当支部に来られまして」

携帯の番号を変えて、俺と連絡を取れなかった奴らが、最寄りの支部に仲介役を頼んだわけか。

結局、情報関連の話じゃねぇか。

「本来なら、当支部ではそういった案内や顔つなぎはいたしません。ですが、事情が事情のお方でしたので」

「事情？」

事情がある？　いったいどんな事情だ？

「顔様は、十文字昴様のことはご存じでしょうか？」

「もちろん知っています」

世界ランキング二位の人物だ。当然知っている。

そうか、彼女か……

「先日、当支部にいらっしゃいまして。どうしてもと、頭を下げられたのです。彼女はその……スキルの反動で、寿命の問題がありますので」

他のレジェンドスキル持ちの奴らは、仮にデメリットをなくせなくとも死ぬわけではない。

それに対して、十文字はそれが命に直結していた。

だから支部長も気を利かしたというわけだ。

「私にも、彼女と同じぐらいの娘がおりまして。なので放っておけなかったと申しましょうか……どうか彼女と、一度話し合いの場を設けてはいただけませんでしょうか？」

桂木が頭を下げた。

「……」

十文字の命を救うって話は、以前アングラウスとしたことがある。

レジェンドスキルのデメリットの突破はできないが、もし上手くいけば、俺の力で彼女を延命させることは可能だろう。

だがここでわかりましたと答えたら、噂は本当ですと答えるようなものだ。

協会の支部長にそう宣言するのは、さすがに戸惑われるが……俺がガンガンランク上げてる時点で、まあ今さらか。

「わかりました。ただし、今日この場であった話は他言無用でお願いします」

一応口止めはしておく。まああんまり意味はないだろうが。

「もちろんです！　ありがとうございます！」

俺は十文字の連絡先を聞き、Cランクに登録された攻略者証を受け取ってから支部を後にした。

「速攻で向かいます！」

十文字昴のスマホに連絡すると、近くにいるらしいので、すぐ会おうという話になった。

先に着いた俺は、待ち合わせの場所に指定した公園のベンチに座って彼女を待つ。

「滅茶苦茶テンション高かったな」

電話越しの十文字は、明らかにハイテンションだった。

残り数年の寿命が延びるかもしれないわけだから、気持ちはわからなくもない。

ちなみに、待ち合わせを外に指定したのは、アングラウスがいるためだ。

ペット可のカフェとか、そうそうないからな。

まあ一応こいつは姿を消せるのだが、十文字と話してみたいそうなので、こうして外で待ち合わせているというわけだ。

あれ、でもそういや……

「お前って、確か人間の姿にもなれたよな？」

初めてこの時代で会った時、アングラウスが黒髪の女性の姿をしていたことを思い出す。

「ああ、なれるぞ」

「じゃあ別に公園じゃなくても良かったわけか」

最近はずっと猫のままだったので、うっかりしていた。

まあ今さら場所を変えるのもアレだし、別に公園が駄目というわけじゃないからいいか。

「来たようだぞ」

青髪でショートカットの女性が、公園の入り口から入ってくるのが見えた。

十文字昴だ。

彼女はシャツにスパッツという、いかにも活発そうな身軽な格好をしていた。

立ち上がると十文字は俺に気づいたようで、笑顔で手を振りながら駆け寄ってくる。

はたから見たら、まるで恋人同士の待ち合わせのように見えるかもしれないな、このシチュエーションは。

まあ、全然そんなことはないわけだが。

「――っ!?」

が、近くまで駆け寄ってきた十文字が突如後ろに跳ぶ。

その際の衝撃で地面が抉《えぐ》れ、土煙が盛大に上がる。

急なことなので全く反応できず、俺はもろにそれをひっかぶってしまった。

「ぶぇ、ぺっぺ。なんだってんだ?」

これから命を救ってもらおうって相手に嫌がらせ、もしくは悪戯?

行動としてはあり得ないんだが?

自分に降りかかった土を払い、俺は公園の入り口までバックジャンプで下がった十文字の方を見た。

「……何かしたのか?」

彼女の顔はさっきまでの笑顔が嘘のように、警戒丸出しの険しいものへと変わっていた。

俺を警戒してってのは考えられない。

だとしたら考えられるのは一つ。

その警戒対象はアングラウスだ。

「我は何もしていないぞ」

「じゃあ、なんで彼女はあんなに警戒してんだよ」

「ふむ……どうやら、相当勘がいいようだな。恐らく【十倍】のスキルが影響しているんだろう」

勘も十倍になってて、そのせいでアングラウスの力に気づいてしまったってことか。

待ち合わせしている相手のそばにとんでもない化け物がいると気づいたんなら、今の十文字の極端な反応も納得できる。

「取りあえず……俺だけ近づいて、大丈夫だって話をした方がいいみたいだな」

下手にアングラウスを近づけると、攻撃を仕掛けられかねない。

もしくは逃げられるか。

なので、まずは俺が話しかけて十文字の警戒を解こう。

『マスター！　ワシに名案がある!!』

「名案とかいらないから、昼寝でもしてろ」

案がいるような状況じゃない上に、そもそもぴよ丸の名案など全く当てにならない。

『近づいた所で、ワシのアルティメットブリンクで虚をつくんじゃ！』

もはや当てにならないどころか、害悪だった。

そんな真似をしたら、冗談抜きで戦闘になっちまう。

「絶対やるなよ。やったらマヨネーズは今後永久に抜きだぞ」

『なんと!?』

俺はぴよ丸に釘を刺して、十文字のいる公園の入り口の方へとゆっくりと向かう。

彼女の視線は動く俺を追うことなく、ベンチに座っているアングラウスに釘付けのままだ。よほどアングラウスが恐ろしいのだろう。

それでも十文字がこの場から逃げ出さないのは、俺との交渉に自分の寿命が懸かっているからだろうと思われる。

「俺が電話した顔悠だ。君が十文字さんだね」

「はい……」

俺が声をかけても、彼女の視線は固定されたままである。

「あの猫は俺の連れでね。害はないから安心してくれ」

「害がないって……冗談ですよね？　あれ、化け物ですよ。それも規格外の……」

「ああ、そうだな。規格外の化け物だ。その気になれば、君を一瞬で殺せるほどの。つまり、警戒するだけ無駄だってことさ」

一般人で例えるなら、目の前に虎やライオンなんかの危険な猛獣がいるような感じだ。

その状態から警戒することに意味はない。

もはや生きるも死ぬも、相手の気分と腹の具合次第だから。

無力な一般人にできることなど、何もないのだ。

「それは……そうかもしれませんけど……」

まあとはいえ、何もできないから恐れる必要がないっていうのは、さすがに言ってて無理があるとは思う。

そんなに簡単に割り切れる問題じゃないからな。

けど、怯えたままじゃ話にならない。

緊張してたら、命を入れても弾かれそうだし。

「そもそも、本当に危険なら俺だって一緒に行動していないさ。この言葉が信じられないってんなら、悪いけど君と話すことはもうこれ以上何もない。俺は失礼させてもらう」

本当に見捨てたりはしない。

脅しを入れたのは、彼女が本番に強いタイプだと思っているからだ。

何せ寿命が限られてる中、それでも走り続けられるような女性だからな。

そういう人間は、追い込まれた方が肝が据わるものである。

「……」

『ぱぁん』と乾いた音が響く。

十文字が自分の頬を、両手で力強く張った音だ。

「失礼しました！　私、顔さんを信じます！」

そう言うと、彼女は勢いよく頭を下げた。

「では改めまして、私は十文字昴と言います」

まだ緊張が抜け切っていないのか、十文字の表情は若干硬い。

だがまあ、がちがちじゃないなら大丈夫だろう。

「改めて、俺は顔悠。そしてこの足元の猫っぽいのが、アングラウスだ」

「そう緊張しなくていい。我は雑魚に興味はないからな。そちらから攻撃を仕掛けてこない限り、手出ししないから安心しろ」

世界ランク二位を雑魚呼ばわり。

普通なら、何言ってんだこいつはってなるところだが、レベル一万の魔竜だからこそ許される傲慢な発言と言えるだろう。

「わ、わかりました」

「気軽にアンちゃんと呼んでくれて構わないぞ」

「そ、それはちょっと……」

存外フランクなアングラウスの対応に、十文字はたじたじである。

自分をあっさり殺せるであろう化け物に、愛称で呼べと言われてもまあ困るわな。

『匂う！　匂うぞ！』

その時、急にぴよ丸が俺の中で騒ぎだした。

『この魂のざわめきは間違いない!!』

何を言ってるんだ、こいつは？

「とう！　ファイヤーバード!!」

「えっ!?　何!?　ヒヨコ!?」

とか思ってたら、ぴよ丸が俺の体から急に飛び出し——

「きゃっ、くすぐったい」

そしてホバリングしながら、嘴で十文字をツツキだした。

「おい、何してんだ」

俺は慌ててぴよ丸を掴んで止める。

「こ奴、マヨネーズを持っておる！　ワシには匂いでわかる！　マヨネーズを寄越せぇ!!」

呆《あき》れて開いた口が塞がらないとは、正にこのことである。

マヨネーズの匂いで急に襲い掛かるとか、ムーブが完全に薬物中毒者だ。

「貴方、マヨネーズが欲しいの？」

「我が生涯はマヨネーズと共に！　アイラブマヨネーズ！」

嫌な生涯である。

まあ本人が幸せなら、外野がとやかく言うことではないが。

「ふふ、じゃあ――」

十文字が腰に着けているポーチを開けて、そこから小型のマヨネーズのチューブを取り出した。

どうやら、ぴよ丸の禁断症状による勘違いではなかったようだ。

てか、なんでそんな物を持ってるんだ？

「私、実はマヨラーなんで。だからいつも持ち歩いてるんです」

俺の表情から考えていることを察したのか、十文字は自分がマヨネーズ愛好家であると説明してくれる。

常時持ち歩くのは、愛好家を超えてもう依存症な気もするが……

「くれ！　マヨくれ!!」

そしてこいつは末期。

間違いない。

「この子にマヨネーズをあげちゃっても大丈夫ですか？」

「悪いけど頼むよ」

こうギャーギャー騒がれたのでは、話を進められん。

取りあえず食えばおとなしくなるだろうし、十文字の好意に甘えるとする。

「んまんまんまんま」

十文字がマヨネーズを近づけると、ぴよ丸がその先端に勢いよく吸い付く。

「おお、いい食べっぷり。この子の名前はなんて言うんですか？」

「こいつはぴよ丸。ヒヨコっぽい謎の生物だと思ってくれ」

「ぴよ丸ちゃんかぁ。可愛いですね」

「ああ、うん、まあそうだな……」

可愛いかと聞かれると……いやまあ、見た目だけは確かに可愛らしくはある。

だが如何《いかん》せん、マヨネーズジャンキーが過ぎる上に、脳天パーだからな。

ぴよ丸をそういう風に捉えることが、俺にはちょっとできない。

「ゲェップ。良いお点前じゃったわい」

「いえいえ、おそまつさまでした」

なんのやり取りだよ、いったい。

まあ取りあえず、ぴよ丸のアホのおかげで十文字の緊張は解けたようなので良しとしよう。

「ワシは寝る！　ミラクルドッキング!!」

マヨネーズを食うだけ食ったら、ぴよ丸はさっさと融合で俺の体内に入ってきて――

『ぐぅー、すぴぃー』

そして秒で眠りに落ちた。

その恐ろしく自由で軽いフットワークには、ある意味尊敬の念を抱かなくもない。

まあ、絶対こうはなりたくはないけど。

「ふふふ。面白い子ですね、ぴよ丸ちゃん」

十文字が屈託なく笑う。

「性格面に難はあるけど、ああ見えて結構役に立つ奴なんだ」

「そうなんですね」

「ああ。まあそんなことより……」

ぴよ丸のせいでわけのわからない空気になってしまったが、本題に戻るとしよう。

彼女の寿命をなんとかするという、本題に。

「君のレジェンドスキルのことなんだけど――」

俺が本題を切り出そうとすると――

「百億なら用意できます！　ですからどうか！　突破方法の伝授をお願いします!!」

十文字はそう言って、大きく頭を下げた。

百億用意してきたのかよ……

さすが、Sランクダンジョンを単独攻略している世界二位の攻略者なだけはある。

「ああいや、悪いけどお金は受け取れない」

「え？　百億じゃ駄目ってことですか？　ネットの記事で見たんですけど……あの、時間はかかりますけど、頑張ればもっと出せますんでどうか……」

「いや、金額の問題じゃないんだ」

俺はレジェンドスキルのデメリットを突破する方法なんて知らない。

なのでいくら金を積まれても、そのことを教えようがないのだ。

「え、じゃあ何が……」

「根本的に勘違いしているようだけど、俺は君の求める情報を持っていない」

「へ？　え？」

「突破できる云々や、百億って金額は、カイザーギルドのばら撒《ま》いたデマだ」

「冗談抜きで……ですか？」

「ああ、本当の話だ。だから突破方法なんてのは、教えようがない」

「そんな……」

俺の言葉に、十文字がその場に膝から崩れ落ちてしまう。

人が膝から崩れ落ちるのなんか、初めて見たわ。

「ふむ、随分と意地悪な話し方をするな」

俺の言動を、アングラウスに意地悪だと指摘されてしまう。

「いや、そんなつもりは……」

俺としては、別に他意や悪意などは全くなく、単に根本的な勘違いを先に訂正しただけなんだが
……どうやら失敗だったようだ。

「おい小娘。悠なら、お前の短い寿命を延ばすことができるから安心しろ」

「え……ほ、本当ですか？」

「ああ。でなければ、お前をわざわざここに呼び出したりはしないだろう？」

「た、確かに！　断るだけなら、電話だけでいいですもんね！」

アングラウスの言葉に、十文字が生気を取り戻して勢いよく立ち上がる。

まあ元気を取り戻してくれたのはいいことだが――

「おいおい。可能性があるってだけで、確定してるわけじゃないだろ？　その言い方だと、絶対助かるみたいに聞こえるぞ」

俺はしゃがんでアングラウスの耳元に口を寄せ、小声でそう言う。

命を分ければ寿命が延びるかどうかは、まだ確定しているわけではない。

なので、ぬか喜びに終わる可能性も十分考えられるのだ。

「安心しろ。小娘の状態を確認したが、肉体に老化現象は起こっていない。単に生命力が極端に減っているだけだ。つまり、命さえ分ければ寿命は延ばせる」

こいつ、いつの間にそんなものを確認したんだ？

だがまあ、肉体が老化して死ぬわけでないのなら、アングラウスの言う通り、俺の命を分ければ十文字の寿命を延ばすことはできるだろう。

「あのー」

「ああ、悪い。実は俺には、命をコントロールする技術があるんだ」

「そ、そうなんですか。すごいですね」

「その技術で命を爆発させると、身体能力を引き上げられるんだけど……カイザーギルドの奴らはそれを見て、俺がレジェンドスキルのデメリットを突破したと思い込んだみたいなんだ。まあそんなことはどうでもいいか。実はこの技術を使うと、命を増やすことができる」

「なるほど！　その技術を習って命を増やせば、私の寿命も延ばせるってことですね！」

「いや、それを君がやるとたぶん死ぬから」

命を裂くという行為は非常に危険だ。大抵の場合、その過程でショック死することになる。

仮にもし二つに裂くことに成功したとしても、俺以外は総量が変わらないので寿命は延びない。

なのでやるだけ無駄だ。

「え？　じゃあどうやって……」

「まあそうだな。取りあえず……ここから話すことを、口外しないって約束してくれないか？」

俺の命を分けるって行為は、言ってみれば死者の蘇生に当たる能力だ。

なので、周囲に知られるのはあまりよろしくない。

もし知られれば、欲深い奴らがわんさか寄ってくるのは目に見えていた。

影響だけで言うなら、レジェンドスキルのデメリット突破以上だ。

どう考えても、世界中の人間が欲しがるものだからな。命のストックなんて。

「それが約束できないなら——」

「誓います!!　私こと、十文字昴はこれから聞くことを誰にも話さないと身命に懸けて誓います!!」

十文字がピンと、片手を空に向かって真っすぐに上げ、食い気味に大声で宣誓する。

「わかった。じゃあ話を続けよう」

宣言を真に受けるのか？

十文字は真面目っぽいし、約束は守りそうだからな。

何より、俺のそばにはアングラウスがいる。

化け物呼ばわりする相手を敵に回してまで、情報を流布したりはしないだろう。

「俺の場合、裂いた命は、レジェンドスキルの効果で両方とも完全回復するんだけど……まあ要はその増やした命を、他人に分けることができるんだ。そしてそれは死んだ際の予備の命になる」

「それってつまり……私の寿命が尽きた時に、その命が私を蘇生させてくれるってことですか!?」

やばくないですかそれ!?」

「だから、他言無用でお願いするよ」

「もちろんです！」

十文字が、自分の胸元を掌でバンと叩く。

その際、胸が結構大きく揺れた。

どうやら厚手のシャツの下はノーブラ……いやまあ、そんなことはどうでもいいか。

「じゃあ早速やってみるけど……その際、抵抗は一切しないでくれ。あるがままに受け止める感じで頼む」

「は、はい！」

彼女の肩に手をやり、俺が予備の命を移すと――

「感じます！　私の中に顔さんの命が入ってきたのが！」

知らない人が聞いたら、誤解しそうなことを口走る。この子、天然か？

ていうか、十文字は命を感じ取れてるのか。

俺の時はそれができるまで相当苦労したんだけど……

「小娘、本当に命を感じ取っているのか？」

「はい！　自由自在です！　こんな風に」

「ほう……悠よ、この小娘、体に入った命を自在に動かしているぞ」

「マジか……」

しかも動かせるとか……

レジェンドスキル【十倍】の効果ってのもあるだろうけど、それでもすごいぞ。

「ところで……お前には命が見えてるんだな」

十文字の中に入れた命が動いているのがわかるってことは、アングラウスは感じるだけではなく、その状態まで把握できているということだ。

こいつはこいつで、本当に多才な奴である。

「まあな。だが把握できているだけで、我には悠のように増やしたり繋いだりはできんぞ」

「まあ、それをやると普通は死ぬからな」

特に繋げるのは、俺以外だと確実に死ぬ。

複数の命を繋げるってのは、命の在り方すら変える行為なわけだからな。

不死身でもなけりゃ、まず耐えられないものだ。

「顔さん、貴方は私の命の恩人です！　本当にありがとうございました！」

「役に立てて良かったよ」

「どうお礼をしていいやら。本当に百億はいいんですか？」

「ああ、それより……」

百億はもちろん魅力だ。

だが、今俺が最も欲しいのは――

「できたら、エリクサーを持ってたら分けてもらいたいんだけど」

そう、妹を救うためのエリクサーだ。

いやまあ、百億あったら余裕で買うこともできるだろう。

けど、余剰な金をもらうより、エリクサーの現物をもらって差額を十文字への貸しってことにした方が、絶対得なはず。

何せ相手は世界二位だからな。

何か困った時に力を借りられるのなら、それに越したことはない。

「あ、はい。エリクサーなら持ってます」

十文字が掌を上に向けると、どこからともなく黄金色の瓶がその上に現れる。

どうやら彼女はスキル【インベントリ】を習得しているようだ。

【インベントリ】は重量やサイズを無視して、大量のアイテムを出し入れすることのできるスキルだ。

ユニークでもレジェンドでもないスキルではあるが、取得者がかなり稀なレアスキルと言われている。

「ありがとう。助かるよ」

俺は十文字からエリクサーを受け取り、彼女に礼を言う。

……これで憂を治してやれる。

「いえいえ、これぐらいどうってことありませんよ。顔さんは私の命の恩人なんですから。他にも何かあったら、遠慮せず言ってください」

「じゃあ、我からも一つ」

なんでも言ってくださいと言う十文字の言葉に、アングラウスが乗っかる。まあ、何を言うのかはだいたい想像できるが。

「これからも精進して強くなり続けろ」

やっぱり。

アングラウスは、強くなった十文字と戦いたいって言ってたもんな。

「そうでなければ、お前は遅かれ早かれ命を落とすことになる。異世界からの侵略者によってな」

「は？」

唐突なアングラウスの言葉に、俺は眉を顰める。

何言ってんだこいつはと言いたいところだが、俺には心当たりがあった。


――異世界からの侵略者。


俺がエターナルダンジョンにいた時、一時的に、特殊なタブレットで外の情報を得ていた時期があった。

その時、崩壊型ダンジョンは、異世界からの侵略ではないかという考察が、頻繁に上がっていたのだ。

ダンジョンを進むうちに回線が繋がらなくなり、俺が外の様子を見れたのは短期間だったため、その後のことを俺は知らない。

だが、アングラウスは俺の物より強力なタブレットで、ずっと地上の回線や電波を拾い続けていた。

つまり、俺の知らない情報をこいつは持っているというわけだ。

「えーっと……異世界からの侵略者ですか？」

「ああそうだ。強くならなければ、折角延ばした寿命が無駄になるぞ」

十文字が、困ったような顔で俺の方を見てくる。

まあ異世界からの侵略とかいきなり言われても、そりゃ彼女も困るだろう。

「それは間違いないのか？　単に十文字を強くするために、適当なことを言ってるんじゃないだろうな？」

アングラウスは強くなった十文字との戦いを期待していたので、その可能性も十分あり得る。

「小娘の尻を叩くだけなら、強くならなければ殺すと脅せば十分だろう？　わざわざ信じ難い嘘をついてどうする」

「まあ、確かに……」

アングラウスにそのうち殺されるとなれば、十文字も必死で強くなろうとするはず。

何せ、彼女はアングラウスの力を感じているわけだからな。

「納得したか？　なのでこのままだと、百年と持たず人類は滅ぼされることになる。まあ、回帰前の話ではあるがな」

「つかぬことをお伺いしますが……アングラウスさんはなぜそんなことを知ってるんでしょうか？あと、回帰前ってのはいったい……」

「異世界からの侵略を知っているのは、我がこの世界の生物ではないからだ」

「あー、なるほど」

アングラウスがこの世界の生物ではない。

その言葉に、十文字があっさり納得を示した。

「えーっと、君は今のであっさり納得するんだな」

「いくらなんでも、でたらめに強すぎると思ってたんで。異世界から来たっていうんなら、むしろ納得です」

「なるほど」

相手の力がわかるからこそ、その異常性から、この世界の生物でないと納得したわけか。

けどこいつ、ダンジョンボスだったんだよなぁ……なんで異世界の生き物が、地球にあるエターナルダンジョンでボスなんかしてたんだ？

いやそもそも、ダンジョンってのはいったいなんなんだろうか？

今までは当たり前のように利用してきたが、冷静に考えると、俺はダンジョンの成り立ちを全く知らない。

それは俺だけに留《とど》まらず、この世界に生きる人間全てがそうだ。

ダンジョンボスであったアングラウスなら、その全てを知っているのだろうか？

異世界からの侵略者。

ダンジョン。

そしてアングラウスのこと。

一度、アングラウスとは真面目に話をした方がいいのかもしれないな。

「回帰に関しては……まあ、どうしても知りたければ悠から聞くがいい。人の秘密を勝手に暴く気はないからな」

「そこは流してくれ」

回帰に関しては、絶対隠さなければならないってわけでもない。

が、いちいち十文字に説明する必要があるのかと言われると、ってところだ。

今日会ったばっかりで、別に親しいわけでもないからな。

何より、今している話とは関係のないことだし。

「わかりました。取りあえず……アングラウスさんの言う侵略者が本当に来るかどうかの判断は、正直私にはつきません。けど、攻略者としてこれからも強くなるって部分は、お約束します。万一に備えるのは、悪いことじゃありませんしね。何より、私、今攻略者としてすっごく充実しているので」

「まあ簡単には信じられないだろうが、答えはじき出る。その時になったら、我に感謝することになるだろう。せいぜい精進しておけ」

「はい！」

その後十文字と別れ、俺は母さんに連絡して家路についた。

侵略者関連の話の続きをしたくはあったが、それよりも早く手に入れたエリクサーで、妹を治してやりたいという気持ちの方が強かったからだ。

——これでやっと、憂を目覚めさせてやることができる。

◆◆◆

俺は母さんと合流し、妹のいる病院へと急いで向かう。

別に急がないと手遅れになるとか、そんなことは全くないのだが、治してやれると思ったら逸《はや》る気持ちを抑えられなかったのだ。

「憂、今起こしてやるからな」

病室に着いた俺は、十文字から受け取ったエリクサーを取り出し、蓋を外して憂の口の中へと流し込んだ。

「憂……」

憂の体が黄金色に輝き、その姿に変化が起きる。

二年間寝たきりでガリガリに細くなっていた腕や首が膨らんでいき、こけていた頬もふっくらとしていく。

どうやら昏睡時の衰弱なんかも、エリクサーは治してくれるようだ。

さすが奇跡の霊薬である。

「ん……」

光が収まり、憂が小さく呻《うめ》き声を上げる。

「憂！」

「憂！」

俺と母さんの声に応えるかのように、憂の眼がゆっくりと開かれた。

「にい……お母さん……」

そうだった。憂は俺のことを『にい』って呼ぶんだったな。

一万と二年ぶりに聞く妹の声に、鼻の奥がツンとなって涙が溢れ出しそうになる。

「憂！　憂！」

母さんが感極まって、寝ている憂に抱きつく。

妹からしたら、目が覚めたらいきなり母親に抱きしめられてビックリだろう。

「お母さん、私……」

「あのな……実はな……憂はずっと……」

俺は憂の髪を撫ぜる。

そして零《こぼ》れ落ちそうになる涙を堪え、どういう状況だったか説明してやろうとすると――

「知ってるよ、覚醒不全だったって。それで二年間、ずっと寝たきりだったって……」

「へ、え、あ……し、知ってたのか。けど、なんで……」

妹の言葉に俺は驚く。

憂は学校に通学する途中で覚醒不全が発生し、そのまま意識を失って昏睡状態に陥っている。

なので、自分の状態は理解できていないはず。

何より、なぜ意識を失っていた期間が二年だと憂は知っているんだろうか？

「スキルでずっと見てたの。だから私のためにお母さんが無理して、いくつも仕事を掛け持ちしてたのも。お兄ちゃんが、痛いのも苦しいのも我慢して、ずっと頑張ってくれてたのも……」

スキル……でも憂は覚醒不全で……いや、覚醒が完了しきらなかったからといって、スキルが手に入らなかったとは限らない。

そもそも、全く変化がなかったのなら、不全なんてものが起きるはずもないのだ。

覚醒は完了しなかったが、スキルだけは習得できていたってことか……

「それに……それに……」

憂の眼が揺れ、涙が浮かんだ。

「お父さんが私の……ために……お父さん……ぐぅ……ごめん……なさい……ごめんなさい……わたしのぜいで……わだ……じのせいで……おどうざん……おどうざん……」

そして母さんにしがみつき、ボロボロと大泣きする。

父のことは、母さんと相談して病気で亡くなったと憂に伝えるつもりだった。

自分のために死んだと知るのは、あまりにも辛すぎるからだ。


けど、憂は全部見ていた。

見てしまっていた。


何もできず。

ただ、父親が自分のために命を絶つ様を見せつけられて、憂はどれほど辛かったことだろうか。

そう思うと胸が張り裂けそうだ。

「憂のせいじゃないのよ！　貴方が悪いんじゃないの！」

「そうだ。憂のせいなんかじゃない。父さんはただ……ただ、お前を守ろうとしただけなんだ。だから自分を責めなくていい……」

「だって……だってぇ……わあぁぁぁぁぁぁぁぁ」

憂が大声を上げて泣く。

俺と母さんは、そんな妹を、ただただ強く抱きしめてやることしかできなかった。

◆◆◆

「憂は俺が見ておくよ」

憂は暫く泣いた後、疲れたのだろう、そのまま意識を失うかのように眠ってしまった。

取りあえず、今日は病院に泊まる。

不安定な憂を一人にしておけないから。

もちろん、病院にはちゃんと許可をもらっているぞ。

「ごめんだけど……憂のことお願いね、悠」

母さんは夜の仕事があった。

憂のそばにいたいだろうが、真面目な母さんは、他の人に迷惑をかけられないからと、仕事へと向かう。

「任せて」

「じゃあ、母さん行ってくるわね」

「うん」

しかし、どうしたものか……

父さんのことは、憂には伝えないつもりだった。

強いショックを受けるのはわかり切っていたからだ。

なのにまさか、それをスキルで見ていたとは……

神がいるのなら、呪わずにはいられない。

「謎の視線の正体は、お前の妹だったわけか」

ベッドの下から影が伸び、そこからアングラウスが飛び出してきた。

「なんでいるんだよ。ぴよ丸のこと、頼んだろうが」

アングラウスとぴよ丸は家に置いてきた。

ぴよ丸がウザいのが目に見えていたから。

で、そのお守役《もり》をアングラウスに頼んだのだが……

なのになんでこいつがここに？

「いや、違うか。お前は分身か」

「そうだ」

レジェンドスキル関係で、妹に何かしてくる奴がいても対処できるよう、アングラウスにはその分身を護衛に付けてもらっていた。

それがこいつだったようだ。

「ところで、謎の視線の正体って……お前は気づいてたのか？」

「ああ。初めて会った時から、悠にまとわり付いていたからな」

「気づいてたんなら言えよ」

「敵意のようなものは全く感じられなかったからな。問題ないと判断したのさ」

まあ確かに、憂のスキルなわけだからな。

敵意なんてあるわけもない。

「そもそも……【不老不死】のデメリット効果を聞くまでは、悠のスキルだと思っていたからな」

「ん？　お前って、相手のスキルが見抜けるんじゃなかったのか？」

「相手と力の差が小さいと無理だ。あの時のお前は強かっただろう？」

どうやらアングラウスの看破系の能力は、近い強さの相手には通用しないようだ。

「まあ、次からは気づいた時に言ってく……」

気づいた時に言ってくれ。

そう言おうとして、引っかかる。


――アングラウスは初めて会った時から、気づいていたと言った。


俺とこいつが初めて会ったのはいつだ？

ランニングの最中に、俺の目の前に現れたあの時か？

アングラウスに回帰前の記憶がなかったのなら、そうだろう。

だが奴には記憶があった。

それに、あの時の俺は強かったと言っている。

つまり、アングラウスが言う初めてとは――

「ちょっと待て!?　まさかお前と戦った時にも、憂の視線があったってことか!?」

もしそうなら、憂はエターナルダンジョン攻略の一万年間、俺のことをずっと見てたということになる。

「最初からと言っただろう？　当然、あそこでお前と戦った時からあったぞ」

「じゃあ憂は、時間が巻き戻ったことも……」

「それは知らないだろう」

「へ？」

「覗きや盗み聞きは趣味ではないが……さっき悠の妹が取り乱した時の反応を見る限り、父親への自責の念がその大半だった。兄が一万年も頑張っていたことを知っているなら、それに対する反応をもっと強く見せていたはずだ」

「そうか……そうだな」

良かった。

それでなくとも、憂は父のことで傷ついてるのだ。

そこに、俺が一万年も苦しみ抜いた姿が加わるなんて、考えたくもない。

「そもそも、悠の妹はずっと前に死んでいたのだろう？　死者に何かを見聞きすることなどできんよ」

「それもそうだな。けどじゃあ、お前と初めて会った時の視線ってのはなんなんだ？　別の何かなのか？」

「いいや、お前の妹のスキルで間違いない」

「いや、それだと話がおかしくないか？」

憂は死んでいて、俺の姿は見れない。

なのに、一万年後のアングラウスとの戦いを見ていた。

これは完全に矛盾している。

「そんなことはない。お前の妹のスキルは、千里眼のような直接覗き込むタイプではなく、情報共有のできる特殊な使い魔を召喚するタイプだ。主人が死んでも、別に使い魔は死なんからな。お前に憑《つ》いていた奴は、主の死後も律義にその命を守り続けていたのさ」

「なるほど……」

それなら憂が知らず、視線があったのも説明がつくな。

「恐らく……いや、間違いなく、そいつも時間の巻き戻しに巻き込まれている」

「どういうことだ？」

俺の問いに、アングラウスが憂の方を見る。

「お前の妹は、ただ単に泣き疲れて寝ているわけじゃない」

「ど、どういうことだ？」

「結論だけ言えば……お前の妹は、今急激にレベルアップしている」

「は？」

「その急激なレベルアップによる強化の影響で、気絶している状態だってことさ」

憂がレベルアップ？

意味がわからない。

妹は覚醒不全から回復したばかりで、魔物を倒すどころか、出会ったことすらないというのに。

「この憂という娘のスキルは、他人に監視を付けるだけではなく、その対象から経験値を得ることもできるものなのさ」

「他人から経験値を得る……そんなとんでもスキル、聞いたことないぞ」

「別に、悠は全てのスキルを知っているわけではあるまい」

「そりゃそうだけど……」

確かにアングラウスの言う通りだ。

俺は全てのスキルを知っているわけではない。

けど、他人を見張りつつ経験値を奪うなんてとんでもスキル、本当にあるんだろうか？

いやまあ、アングラウスが嘘をつく理由はないから本当なんだろうが。

「今までは覚醒不全でレベルが存在せず、経験値を一切受け取ることができなかった。が、覚醒したことで一気にそれを受け取ってレベルアップしている。というのが今のお前の妹の状態だ」

「その状態って、何か問題が起きたりはしないよな？」

通常、レベルアップしたからといって弊害はない。

だが、急激なレベルアップで気絶しているというので、少し不安になって俺は聞く。

「問題ない。安心しろ」

「そうか」

問題ないようなので、ほっと胸を撫でおろす。

「ちなみに、今のお前の妹はレベル五百を超えているぞ」

「は!?」

五百？　どういうことだ？

俺はそんなレベルに上がるだけの魔物を倒してなどいない。

いったいなぜそこまで一気にレベルが上がっているのか？

意味不明だ。

「だから……悠に憑いてた奴も、時間が巻き戻っていると言ったのさ。何せお前は、あのダンジョンをクリアしたわけだからな。憑いてた奴は、さぞ大量の経験値を抱えて時間の巻き戻りにあったことだろう。それなら今も、馬鹿みたいに上がり続けるレベルにも納得がいくというものだ」

「いやけど……時間が巻き戻ったならなかったことになるんじゃ？」

俺は増やした命を全て失っているし、アングラウスだって若返っている。

なら、どれほど経験値を抱えていようとも、それだって失われてしまわなければおかしい。

「まあ、普通ならそうだろうが……憑いている奴の正体が不明だからな。それに、スキルによって蓄積された経験値というのも特殊だ。そのあたりが影響しているのだろう。もしそうでないなら、この上がり続けるレベルの説明がつかん」

憂のスキルか……まあそれは考えても仕方ない。

今考えるべきことは、憂の心のケアだ。

「憂……」

どうやったら、辛い現実を乗り越えられるのか……

「俺と母さんが付いてるからな」

俺はそう言って、寝ている憂の髪を優しく撫ぜた。

とにかく今は、常に俺たちが妹のそばにいてやるしかない。

◆◆◆

「止まったようだな」

ほぼ一晩かけて、憂のレベルアップが終了したようだった。

「最終的なレベルは……四千九百九十九だ」

「SSランクってことか……」

レベルによるランク算出は――

レベル十九以下がF。二十以上がE。五十以上がD。百以上がC。二百以上がB。五百以上がA。

そして千以上がSで、二千五百以上がSSになり、五千以上がSSSランクとなっている。

つまり憂は、限りなくSSSランクに近いSSランクというわけだ。

ちなみに、ランキング世界一位のレベルは四千台前半と言われているので、俺の妹はそれ以上ということになる。

「五千手前で綺麗にレベルアップが止まったと言うよりは、三つ目の壁が越えられなかったということだろうな」

「てことは、やっぱレベル五千にも壁はあるのか」

レベルアップの壁。

それは攻略者がレベルを上げ続けると、いずれぶつかることになるものだ。

最初の壁は千に上がる時である。

ゲームなんかだと、必要経験値が跳ね上がった時なんかに壁と表されることがあるが、攻略者のそれは違う。

生物としての成長限界に近く、単純に経験値を稼げば乗り越えることができるというものではなかった。

じゃあ、どうやって越えればいいのか？

残念ながら、その正確な方法はいまだ解明されていない。

そのため、壁を越えられずレベル九百九十九で足踏みしている攻略者は多いと聞く。

さらに壁は二千五百――つまり、ＳランクからＳＳランクに上がる際にもあり、それは二つ目の壁と呼ばれていた。

そして人類未到達と言われるレベル五千にも、壁があるのではないかと推測されていたわけだが
……妹のレベルアップで、それがほぼ確定したわけだ。

まあ偶然、直前で止まっただけという可能性もなくはないが……

ちなみに、レジェンドスキル持ちは、一つ目と二つ目の壁で引っかかることはないと言われている。

姫ギルドが俺を勧誘したのも、確実にSランク以上に上がれるという確信があったからこそだ。

ま、実際はSどころか、レベル一から抜け出せないわけだが……

「ちなみに……お前の妹は暫くは眠り続けることになるぞ」

「暫く眠り続ける⁉　それってどういうことだ⁉」

「そう声を荒らげるな。命に別状はないと言っただろう」

「じゃあいったい、なんで暫く眠り続けることになるんだよ」

「悠の妹は、急激にレベルアップしたからな。今は爆発的に上がった能力や、大量に取得したスキルをまともに扱えるように肉体を調整……と言うより、進化中と言った方が正しいか。ま、要は肉体を適正な状態にするため、暫く寝たままになるということだ」

「……本当に問題ないんだろうな？」

「ない。心配するにもほどがあるぞ、シスコン」

「誰がシスコンだ」

家族のことを心配するのは、当たり前のことである。

しかも憂はほんの少し前まで、覚醒不全で昏睡していたのだ。

そんな妹を心配するなという方が無理というもの。

「まあ安心しろ。我の名に懸けて宣言してやる。お前の妹は、半年もすれば元気に眠りから覚めると」

「まあお前がそこまで言うのなら……って、半年⁉　憂はそんなに眠りっぱなしになるのか⁉」

「爆発的に上がったレベルに適応するよう、ゆっくり進化しているのだ。それがたった数日で終わるとでも？」

「そうか……」

五千近くレベルが上がったら、もうスペック的には完全に別の生き物に近い状態だからな。

それにしっかり適応するためには、半年という時間も仕方がないことなのだろう。

「なあ、憂は今も見てるのか？」

「いいや、視線は感じない。どうやら意識が戻った際に、一度解除されたようだな」

「そうか。もし視線が戻ったら教えてくれ」

もし憂が見てるのなら、話しかけ続けないと。

父さんがどれだけ憂のことを大事に思い、その幸せを願っていたかを。

そして、俺や母さんにとって、どれだけかけがえのない存在であるかを。

そうでないと憂は……

◆◆◆

「そろそろ姫のお守も卒業ねぇ」

岡町が、アリスの戦いぶりを見てそう呟く。

ここはBランクダンジョン。

現在アリスは姫ギルドに最近入った新人二人を率いて、魔物の殲滅を行っていた。

俺たちはその保護者兼教育係として、少し離れた場所からその様子を眺めている感じだ。

「ああ、あんまりやりすぎると役立たずになっちまうからな」

ギルドによる育成は、やりすぎると、危機的状況で何もできなくなる残念な攻略者を作り出す要因となる。

ネットなどで、養殖と揶揄《やゆ》される所以《ゆえん》だ。

姫ギルドはそのあたりに気を遣い、同行する保護者は、よほどのことがない限り手を出さない決まりになっていた。

あくまでも自主的にダンジョン攻略させる基本方針。

そしてその育成も、他と比べてかなり早い段階で打ち切られる。

自主的とはいえ、保護者がいるリスクのない状況ばかりだと、結局実戦で背中を預けられるような攻略者には育たないからだ。

なので、教育係がいけると判断した時点で育成は打ち切られ、そこからギルドにとって、戦力と呼べるAランクまでは自力で上がるというのが、うちの通例となっている。

まあちび姫の場合は、少々レベル的には早いのだが……あいつには、それを補うだけの優秀なユニークスキルがあるからな。

「ちび姫には頑張ってもらわないと。私も幸保も、もう自力は絶望的だものねぇ」

「ああ。五年過ぎると、ほとんど不可能って言われてるからな。アリスだけが頼りだ」

レベル千の壁。この壁は、才能が全てと言われている。

そのため、五年真面目に努力しても突破できないようなら、もうそこから先に進むのは難しいというのがこの業界内の通説だった。

そして俺と岡町がレベル九百九十九になったのは五年前。

つまり通説通りなら、俺たちはもうSランクには上がれないってわけだ。

しかしそれをなんとかする可能性を、姫路アリスは秘めていた。

「人頼みってのは、少し情けない話だけど……」

「まあな。けど……諦められないんだからちび姫に賭けるしかねぇだろ？　ガキの頃からの夢だったんだからよ」

俺たちの夢は、Sランクの攻略者になることだ。

「そうね」

俺と岡町は腐れ縁である。

お互い六歳の頃に親を亡くし、ほぼ同じタイミングで同じ施設に放り込まれた。

そういう事情もあってか、妙に岡町とは馬が合って、今までずっと一緒にやってきていた。

そんな俺とあいつがSランク攻略者に憧れたきっかけは、十四の時だ。

ある時、施設が火事になって、俺と岡町は燃える施設内に取り残されてしまう。

絶体絶命の状況。

本当にあの時は死ぬかと思った。

けど——


そこに、颯爽《さっそう》とヒーローが現れた。


当時、日本でただ一人と言われたSランク攻略者、御剣光喜《みつるぎこうき》。

その彼がたまたま近場に居合わせ、俺たちを救い出してくれたのだ。

その力強さに憧れ、俺たちも同じようになりたいと強く願うようになる。

そしてほどなくして俺と岡町は覚醒し、夢を叶えるべくダンジョン攻略を始めることに。

ま、単純明快な理由だ。

で、十五年かけて最初の壁まで辿り着いてみたはいいものの、二人そろって壁に阻まれ……

そこから五年。正直、もう半分諦めかけていたんだが、そこに姫路アリスが現れた。

いやまあ、ギルドマスターの妹だから、以前からもちろん知ってはいたぞ。

あくまでも、希望の象徴としての意味で現れたってことだ。

「コングラッチュレーション！　三人とも攻略おめでとう！」

「似合わねぇ横文字使うなよ」

「別にいいじゃないの」

ダンジョン攻略は順調に進み、大して苦戦することなくダンジョンボスをちび姫たちは倒し終えた。

三人のレベルは、ダンジョンに入った時点では、ちび姫が百二十。それ以外の二人も百ちょっとのレベルだった。

つまり、全員レベル的にはCランクしかない。

Bランクダンジョンの推奨レベルは、低いものでも二百五十という点を考えると、驚異の低レベルパーティーと言っていいだろう。

普通の攻略者なら、ボスを倒すどころか、道中の雑魚にさえ苦戦しかねない。

いや、それどころか、下手したら初戦で敗退も十分あり得るレベルだ。

にもかかわらず、この三人が容易くダンジョンをクリアできたのは、ひとえに姫路アリスのおかげと言える。

ちび姫の持つユニークスキル、【燃える闘士】は敵が自分より強ければ強いほどステータスが強化される強力なスキルだが、実は彼女にはもう一つ、強力なユニークスキルがあった。

それは――

【導《みちび》く者《もの》】

このスキルこそ、俺と岡町にとっての希望となるものだ。

その効果は自分よりレベルの低い仲間と組んだ際、自身とメンバーの能力を大幅に強化し、そのレベルアップを加速し促すというものである。


——そう、レベルアップを促してくれるのだ。


この効果に俺たちは期待していた。

壁によって上がらなくなった俺たちのレベルを、彼女のスキルなら、ひょっとしたら引き上げてくれるのではないかと。

そのためには、ちび姫が俺たちよりもレベルが上、つまり、壁を越えてレベル千以上に上がる必要があるわけだが……まあその点は心配ない。

ユニークスキルを複数持っている攻略者は、無条件で最初の壁を越えられる才能があると言われているからな。

「ふふふ、どう？　これが私たちの力よ」

ボス討伐を終えたちび姫が、意気揚々と俺たちの方へとやってくる。

「ああ……ちび姫。今日でお前は卒業だ」

「やっとね。ま、私には最初っから保護者なんていらなかったけど。天才だもの」

「ふふふ、そうね」

「いずれ姫ギルドのエース……ううん、日本の頂点に立ってみせるから。楽しみにしてて」

「あんまり調子に乗るなよ。世の中上には上がいる。なんなら同ランクでも、ちび姫より上はいるぞ。例えば……顔悠とかな」

ちび姫のポテンシャルは確かに高い。

だが、過剰な自信は成長の妨げになる。

そうならないよう、俺はわかりやすいライバルとして顔悠の名を挙げた。

ちび姫には、ギルドの次期エースとして期待してもいるからな……

ライバルってのは、高く飛翔するためには必要不可欠なピースだ。

顔悠には、その役割を担ってもらう。

「むっ！　私よりあいつの方が優秀だって言いたいの⁉」

「当然だろ。あの強力な使い魔に、不死身の肉体だぞ。レベルが上がれば間違いなくランキング上位に食い込んでくるはずだ」

これは決して大げさな話ではない。

不死身ってのは、冗談抜きで超優秀な能力だからな。

しかもあんな狂った戦いができるのだ。

奴が攻略者界隈を駆け上がっていくのは、目に見えている。

「ふ、面白いじゃない。だったら証明してあげるわ！　どっちが本当に優れた攻略者なのかをね！」

ちび姫が闘志を燃やす。どうやらいい刺激になったようだ。

その調子で、ガンガンレベルを上げてくれよ。

そしてアイギスと並ぶ姫ギルドの柱になって、ついでにでいいから俺と岡町を引き上げてくれ。

期待してるぞ、ちび姫。

……ま、理想を言うなら、顔悠も加入してくれるとありがたいんだがな。

Sランクに至った俺と岡町。

そこに顔悠と姫路アイリスという、新たな二本の柱が加わった姫ギルドが、日本の頂点へと昇りつめる。

そんな妄想を俺は頭の隅で思い描くのだった。

◆◆◆

「さて、ダンジョンに行くか……」

妹が眠りについてから一週間ほどたつ。

俺としては目覚めるまでずっとそばに付いていてやりたかったが、一つ大きな問題があった。

それは――税金である。

この国は働いたり、人から高額な物をもらうと税金を納めるという素敵なシステムがあった。

今回、俺は十文字から十五億もする高額品を受け取っていて、そこにかかる税金は恐らく八億ちょっとだ。

当然だが、俺は働いてそれを支払わなければならない。

さらに言うなら、支払いのために稼いだお金にも税金がかかるので、合計して十三億ぐらい必要だったりする。

「頑張って十三億稼がないとな」

どうせやらなければならないのなら、憂が目覚めるまでに終わらせておきたかった。

目覚めた後、ずっとそばにいてやれるように。

「国に貢ぐための労働か。ご苦労なことだ」

「人間の暮らす社会を維持するためには、必要なことなんだよ」

払わずに済むならその方がありがたいが、それがまかり通れば社会が成り立たなくなってしまう。

まあアングラウスにはわからないだろうが。

「面倒極まりない！　ワシを見習うがよか！　マヨネーズさえあればそれだけでいい！　アイラブマヨネーズ！」

そのマヨネーズを買うのにもお金がいるわけだが？

「はいはいマヨネーズマヨネーズ」

俺は金を稼ぐため、今日もダンジョンへと向かう。

あとがき

皆様、初めまして。縁あってぶんか社様より『不滅チーターによる時間回帰無双～ダンジョンに籠って1万年。最弱だった俺が失った家族とついでに世界も救います～』を発売させていただくことになりました、榊与一と申します。

拙作はご満足いただけたでしょうか？　少なくとも、あとがきまで目を通している皆様方には及第点をいただけていると信じます。いやまあ、あとがきから読み始める方や、つまらなくても読まなきゃ損って考えで最後まで読む人もいるらしいですが……なんにせよ、本作をお買い上げいただきありがとうございました。

さて、本作がデビュー作というわけではないのですが、あとがき自体は初めての経験になります。そのため、何を書いたらいいのかさっぱりで……ちょっとした近況報告でもしようかなと思います。

新年早々ヘルニアになりました。ええ、ヘルニアになりました。

まあ正確には、再発したわけですが。いやー、ほんと勘弁してほしいものです。ちなみに、最初の時は手術で対処しています。

なんせ痛み止めが全然効かず。ブロック注射はすぐ切れ。しまいにはまともに立ち上がれなくなるくらい酷くなってしまう始末。そうなってくると日常生活にいろいろと支障が出てしまうので、お医者様に泣きついて手術に至っています。

まあ前回と違って今回は安静にしやすいので、そこまで酷くなることはないと思いますが。というか思いたい。朝起きて、激痛に五分間呻くとかもう勘弁です（背筋を真っすぐ伸ばし続けると、痛みが蓄積していく感じだったので）。あの当時は、就寝するのが本当に憂鬱でした。モーニングコールが激痛とか、全く笑えませんでしたから。

皆様もヘルニアには気をつけてください。対策方法は運動や正しい姿勢を心掛ける等。あと、重い荷物を持つ際なんかは膝を使って持ち上げることをお勧めします。え？　一度かかったお前はしてこなかったのか？　はい。してませんでした。喉元過ぎればなんとやらです。最初は気にしてたんですけど、数年もたつとそりゃ適当になりますって。

今回のことでしばらくは気を付けるようになるとは思いますが、それもまた……そう考えると、私は一生ヘルニアと付き合っていくことになりそうです。自分の愚かさが恨めしい。

以上、近況報告になります。もし次巻が出たらヘルニアが治りましたと元気よくあとがきに書けるのかもしれませんが、そこは神のみぞ知るってやつなので、またこの作品で皆様に会えることを願うばかりです。まあ奇跡的に続刊が出ても、皆様に買っていただけるとは限りませんが。


では、最後までお付き合いいただきありがとうございました。

BKブックス

不滅チーターによる時間回帰無双

～ダンジョンに籠って１万年。最弱だった俺が
失った家族とついでに世界も救います～

2025年3月20日　初版第一刷発行

著　者　榊《さかき》 与一《よいち》

イラストレーター　なたーしゃ

発行人　今 晴美

発行所　株式会社ぶんか社
〒102-8405　東京都千代田区一番町29-6
TEL 03-3222-5150（編集部）
TEL 03-3222-5115（出版営業部）
www.bknet.jp

装　丁　AFTERGLOW

印刷所　株式会社広済堂ネクスト

ISBN978-4-8211-4696-3